Journaliste [illegible], réalisateur, Denis Robert tente de décrypter le monde des scandales politico-financiers. Il travaille d'abord à *Actuel* puis entre, en 1984, à *Libération*, où il couvre les affaires de corruption. Il quitte *Libération* en 1996 pour éviter de sombrer dans la routine. Il écrit le livre *Pendant les " affaires ", les affaires continuent*, réflexion sur la corruption, les difficultés de la justice à jouer son rôle et le mensonge du politique. La même année, il publie *La justice ou le chaos*, un livre d'entretiens avec sept magistrats européens chargés des affaires de corruption. En 1997, il dénonce l'extrême pauvreté dans l'album *Portrait de groupe avant démolition* et il coréalise le film documentaire *Journal intime des affaires en cours* avec le cinéaste Philippe Harel. Entre 1998 et 2000, il est l'auteur de quatre romans et récits, dont le roman érotique *Le bonheur*, ainsi que *Tout va bien puisque nous sommes en vie*, un roman fondé sur une interview-confession de Chantal Pacary. En 2001, Denis Robert retrouve le journalisme d'investigation avec une enquête sur les comptes secrets de la société luxembourgeoise Clearstream. Cette enquête est déclinée sous la forme d'un livre (*Révélation$*) et d'un documentaire diffusé sur Canal + le jour de la sortie du livre (*Les dissimulateurs*). En fin d'année, il publie *Deux heures de lucidité*, un livre d'entretiens avec l'intellectuel américain Noam Chomsky. La suite de *Révélation$*, *La boîte noire* sort en librairie en janvier 2002.

LE BONHEUR

DENIS ROBERT

LE BONHEUR

LES ARÈNES

ISBN : 2-266-11221-X

Pourquoi le sexe occupe-t-il tant notre esprit ? Parce qu'il est l'échappatoire suprême. C'est la voie ultime vers l'oubli de soi absolu. L'espace d'un instant, au moins pour une seconde, c'est l'oubli total — et il n'existe pas d'autre moyen de s'oublier soi-même... Lorsqu'on n'a dans sa vie qu'une seule chose qui soit la voie royale vers la fuite absolue, on s'y accroche, car c'est l'unique moment où l'on se sent heureux. Tous les autres problèmes deviennent cauchemars... On s'accroche donc à cette unique chose qui donne cet oubli total de soi-même qu'on appelle le bonheur. Mais lorsqu'on s'y accroche, il se change à son tour en cauchemar, parce qu'on veut alors s'en libérer. On ne veut pas en devenir esclave.

KRISHNAMURTI,
De l'amour et de la solitude.

Nous avons bu un verre en terrasse. Elle était en face de moi, silencieuse et souriante. Il faisait frais, elle portait une jupe courte. Il y avait du monde autour de la table. Elle croisait les jambes si haut que j'ai aperçu le triangle blanc de son slip. Elle l'avait remarqué. Je l'ai su quand elle a baissé les yeux, tout en relevant encore plus haut sa jupe sur sa peau.

Il m'attirait, mais je n'éprouvais pas de désir pour lui. Sa liberté m'attirait. Son indifférence aussi. J'attendais de voir ce qu'il allait faire. Je ne voulais rien provoquer. J'aimais sa façon de parler, de réfléchir entre chaque phrase, son regard qui me déshabillait. En même temps, il avait cette timidité qui laissait craindre le pire.
Il a peut-être cru que notre rencontre était fortuite. J'étais très intimidée la première fois.

Elle avait lu mes livres. Les gens croient que les écrivains sont heureux de se sentir reconnus, voire aimés. C'était vrai au début. Aujourd'hui, ce que je préfère, c'est me fondre. M'occuper de mes histoires sans avoir de comptes à rendre à personne.
À l'époque, j'étais sec. Pas inquiet, ni dépressif, mais sec. J'aurais aimé être le nègre de quelqu'un, pour recommencer à zéro.
Je lui avais demandé de noter sur un petit carnet ses impressions. Tenir le journal de notre rencontre. Le carnet, je lui ai offert.

Il n'a jamais cherché à me séduire. Il n'était pas particulièrement beau, selon les critères en vogue. Il semblait ne pas se soucier de son apparence. Les rondeurs de la quarantaine, un joli sourire. Il portait des pantalons de velours sans forme, des cols roulés, des chaussures anglaises et fumait des blondes sans filtre en grande quantité. Il buvait du vin au pichet. Personne ne pouvait deviner sa vraie nature. Même lui ne devait pas s'en douter.
Il n'était pas du genre à faire le premier pas. Il devait penser, une fois pour toutes, que sa femme lui suffisait. Il n'était pas dragueur, mais observateur.
Les hommes ne pensent qu'au sexe. Certains le disent, ils sont rares. Généralement, ils le pratiquent peu. D'autres se le disent et n'en parlent pas. Ils imaginent des tas de situations scabreuses sans les réaliser. Lui y pensait, en parlait et le pratiquait.

Elle ne faisait pas grand-chose de sa vie. Des études de lettres arrêtées un peu tôt. Quelques piges, du secrétariat, des bouts de livres. Je n'arrivais pas à comprendre ce qu'elle me voulait. Elle avait déjà cette passivité et cette disponibilité, une sorte de dévouement.
Avec elle, il s'est rapidement passé quelque chose que j'aurais du mal à définir. Avec elle, je ne sentais pas le danger.

J'aime être belle, mais je ne suis pas sûre que ce soit le cas. J'ai de jolies jambes, une peau très blanche, une petite ride à la pointe de l'œil gauche, des seins honnêtes. Un œil expert pourrait relever un peu de graisse en haut de mes cuisses. Je porte très bien le jean. J'avais vécu jusque-là sans trop me soucier du regard des hommes.
— Oui, bonjour, c'est moi, l'autre jour au café, vous vous souvenez ?
— Bien sûr, ça va ?
— Très bien et vous ?
— Je traîne un peu.
— C'est à propos de ce travail sur la psychanalyse que je dois rendre bientôt...
J'étais un peu gourde. J'étais essoufflée au téléphone. C'est ainsi dès que je suis impressionnée. Il avait été poli, distant aussi. Le lendemain, je l'ai rappelé pour des précisions. Et puis, j'ai laissé mon numéro. Jamais je n'ai pu l'appeler sans cette peur au ventre.

Je me demandais ce qu'elle me trouvait. Je pensais que c'était à cause des livres. La fascination de l'écrivain. Je me suis trompé. L'argent peut-être ? Si j'avais été pauvre, rien de cela n'aurait été possible. Mais l'argent, au fond, ne l'intéressait pas.

J'ai eu assez tôt envie de jouer avec elle. Je ne voulais pas d'une aventure banale. Séduire une femme me fatigue. Vouloir se montrer le plus beau et le plus spirituel pour finir au mieux dans un lit et tremper sa queue a quelque chose de prévisible et de déprimant.

Risqué et peu rentable, voilà ce que je pensais de l'infidélité.

Là, il s'agissait d'autre chose.

J'étais certaine qu'il m'appellerait. Je ne pense pas en avoir douté. Son état civil, marié, trois enfants, avait glissé sur moi sans laisser de trace. Je n'attendais rien de lui. J'étais disponible et prête à tout. Je voulais juste qu'il en profite.

Je lui avais fait croire que mon mari était très présent. En fait, mon mari m'aimait comme on aime un meuble. J'étais devenue sa vitrine légale. Mon mari ne pose jamais de questions. Il est toujours au laboratoire ou en voyage. Je ne pense pas que mon mari baise d'autres femmes. Je pense que le sexe ne l'intéresse plus, qu'il a enfoui cette question sous une tonne de préoccupations beaucoup plus importantes. Il se trompe. Moi, je n'ai encore rien trouvé de plus sérieux que ça.

Entre vingt et trente-cinq ans, je me suis beaucoup reposé sur ma femme. Je passais mon temps à rêver et à écrire. J'essayais de rentrer tôt.
Un écrivain ne peut donner que ce qu'il a. N'ayant connu ni privations ni sévices, je ne pouvais qu'être une sorte de témoin froid de la déliquescence ambiante. On me payait pour ça. Mes bouquins, quelques articles : mon boulot me laissait suffisamment de liberté. Depuis quelque temps, j'avais l'impression d'avoir atteint mon point de non-progression possible. Je me suis mis à rentrer tard. J'attendais des jours meilleurs.

Ce n'est pas lui qui m'a appelée, mais une amie. Je me suis préparée. Jupe courte, soutien-gorge à balconnets. Maquillage Shiseido. La fête avait lieu dans un restaurant. Je savais qu'il y serait. Je savais qu'il s'était arrangé pour que j'y sois.

J'avais été très sollicitée dans la soirée. Un garçon en pantalon de cuir, un autre en Armani, un alcoolo à gros cigare. Lui me surveillait de loin. Il m'a laissé l'adresse de son hôtel et son numéro de chambre, juste avant de partir, comme s'il s'agissait de son numéro de téléphone.

— Tenez.

— Merci.

Nous n'avions échangé aucune autre parole.

À l'époque, comme souvent quand j'ai besoin de m'isoler pour écrire, je travaillais dans une chambre d'hôtel. L'hôtel n'était pas très loin de chez moi. Cela avait été au départ une idée de ma femme qui ne supportait plus mon irritabilité pendant ces périodes. Je consacrais beaucoup d'énergie à chaque début de livre. Avec le temps, j'ai appris à m'économiser. Ce soir-là, tout le monde avait été très gentil avec moi. Mon côté bourru et asocial ne gênait personne. Je m'étais cassé assez tôt du restaurant. Je lui avais laissé mon numéro de chambre.
Je me suis branlé en l'attendant. Je me branle souvent avant de baiser une femme que je ne connais pas. Ça me permet d'être plus sûr de moi, de laisser venir le plaisir plus tranquillement. Je me suis branlé dans une serviette blanche de l'hôtel et me suis endormi en attendant qu'elle arrive.
J'avais passé la nuit précédente à zapper devant la télévision, faisant croire à ma femme que je travaillais. Il m'arrive souvent, ces nuits-là, de recher-

À l'époque, comme souvent quand j'ai besoin de m'isoler pour écrire, je travaillais dans une chambre d'hôtel. L'hôtel n'était pas très loin de chez moi. Cela avait été au départ une idée de ma femme qui ne supportait plus mon irritabilité pendant ces périodes. Je consacrais beaucoup d'énergie à chaque début de livre. Avec le temps, j'ai appris à m'économiser. C'est vrai, là, tout le monde avait été très gentil avec moi. Mon côté bourru et asocial ne gênait personne. Je m'étais cassé assez tôt du restaurant. Je lui avais laissé mon numéro de chambre.

Je me suis branlé en l'attendant. Je me branle souvent avant de baiser une femme que je ne connais pas. Ça me permet d'être plus sûr de moi, de laisser venir le plaisir plus tranquillement. Je me suis branlé dans une serviette blanche de l'hôtel et me suis endormi en attendant qu'elle arrive.

J'avais passé la nuit précédente à zapper devant la télévision, collé contre la femme que je travaillais. Il m'arrive souvent, ces nuits-là, de recevoir-

cher les films de cul sur le câble et de me branler en regardant l'écran. Après m'être bien branlé, je dors mieux.

Quand elle a ouvert la porte, j'ai fermé les yeux. J'ai attendu qu'elle vienne se coller contre moi sous les draps. Je me suis laissé faire.

J'avais mis la boîte de préservatifs sous le lit. Je l'ai baisée lentement en lui racontant des histoires à l'oreille. Je voulais l'exciter. J'étais un peu pété à cause des vodka tonics.

Je lui ai donné rendez-vous le lendemain. Elle a paru enchantée. Sa disponibilité m'étonnait. Elle n'a posé aucune question. Moi non plus.

Il a commencé tout de suite à me raconter des histoires, sa bouche collée à mon oreille. Les mots coulaient, presque tendrement. Quand il me pénétrait, son souffle me réchauffait. Il me parlait de filles qu'on paie pour tailler des pipes, de paris qui mêlent le sexe et l'argent, d'endroits bizarres où l'on peut se mélanger. Le désir et la peur.

Peut-être a-t-il deviné tout de suite qu'agenouillée devant lui, sa bite dans ma bouche, la cambrure de mes fesses n'était qu'une invitation à être pénétrée ?

Peut-être a-t-il compris tout de suite que ma bouche, qui suçait si goulûment ses doigts, espérait déjà d'autres sexes ?

Peut-être a-t-il su tout cela avant moi ? Ce jour-là, je n'ai rien dit. J'ai laissé ses mots m'envahir.

Ce que j'ai préféré au début, c'était quand elle me taillait des pipes. Ne pas me retenir. Jamais. Ne pas me soucier d'elle. Bander toujours. La laisser me sucer autant de fois qu'elle le voulait. Très vite, elle m'a parlé de son mari. Je ne la relançais jamais. Tenir la distance. Il la baisait le dimanche. Par-derrière. En lui tripotant les seins. Elle disait que ce n'était pas désagréable et qu'elle lui devait bien ça. Une fois, je crois, j'ai pensé à ma femme. Je me suis dit qu'elle avait peut-être un amant. Je l'ai imaginée au lit avec un autre type. Un de mes copains. Un couple ne peut éternellement vivre sur lui-même. Sauf à se mentir. La fidélité, c'est de la mauvaise colle. Une invention pour faire croire que les deux parties tiennent debout ensemble. Si on tire un peu, on sait que ça se détache. Le couple repose sur un mythe fusionnel. Comme si nous ne faisions qu'un. Alors que nous sommes définitivement deux.

Les femmes se savent immédiatement différentes. Il ne leur faut aucun temps d'adaptation, aucune réflexion. Elles le savent, c'est tout. Les hommes sont beaucoup plus longs à la détente.

Au début, tu n'avais pas beaucoup d'importance pour moi. Je t'avais remarquée, mais tes manières de petite-bourgeoise m'agaçaient.

On a fait l'amour pendant une semaine aussi souvent qu'on le pouvait. On a très peu dormi. Nous ne nous posions aucune question concernant les positions. Nous nous assemblions naturellement, même si les postures étaient parfois curieuses. J'ai très peu parlé. Deux ou trois phrases par jour. Mon mutisme l'étonnait.
Est-ce que, déjà, j'avais ce plaisir immense à le sucer ?

Cette fille est folle. Il faut que je me renseigne sur elle avant d'aller plus loin. Quand elle me regarde, j'ai l'impression qu'elle enquête sur moi.
Qu'est-ce qui me prend de penser à elle tout le temps ? À la baiser. Tout le temps, à la baiser. Il ne faut pas que je l'appelle.

Je me prépare longuement avant d'aller le rejoindre. Déjà en temps normal, le maquillage est pour moi un rituel, une seconde peau pour affronter l'air libre et le regard des autres. Quand je deviens « amante », j'y attache un prix plus grand encore. Je peux passer des heures entières à me préparer. Je pense à ces femmes orientales qu'on baigne, qu'on coiffe, qu'on maquille et qu'on habille avec soin avant de les présenter. Ma préparation ressemble à cela, je me polis de la tête aux pieds. Et puis il y a cette attente qui me remplit le ventre, un peu comme une montée d'escalier qui durerait des heures et des heures. L'employé en uniforme me donne la clé de la chambre en précisant qu'il n'est pas encore arrivé. Il sait bien ce que je viens faire ici. Le mot « pute » me traverse l'esprit.

Je préfère l'action à la contemplation. Avec lui, je n'ai pas besoin d'en voir beaucoup. Son regard me mouille.

Elle allume une cigarette et me parle de sa mère. Je l'écoute poliment, en griffonnant des petits dessins sur une feuille blanche que j'ai pliée en deux. Je fais ça machinalement. Souvent. En notant, et en écoutant distraitement ce qu'elle dit de la fidélité qui est une foutaise. Elle cherche mon acquiescement. Je suis ailleurs. J'ai spontanément confiance en elle. Quelque chose pourtant, dans son insistance à me regarder, me trouble. Je suis méfiant, mais intrigué.

Je garde précieusement tous ses dessins. C'est souvent drôle et très érotique. Si un jour il me quitte, je pourrais les envoyer à sa femme.
Non, je ne ferai jamais ça.

J'ai pris beaucoup de notes sur elle. Surtout au début. J'ai même filmé, sans la prévenir, une de nos premières nuits. J'avais posé un caméscope sur la commode à l'hôtel. C'est assez sombre, mais on devine son corps. On la voit très distinctement assise sur moi. On entend ses phrases aussi.
Tu es très vulgaire quand tu te fais baiser. Tu aimes être dominée. Moi, ce jour-là, j'étais plutôt silencieux. Je savais qu'on nous épiait.
Je me suis repassé la cassette une fois en me branlant.
Ensuite, ce n'était plus pareil, sauf la première fois où nous l'avons revue ensemble et où tu riais si fort.

Je cherche la différence entre désirer quelqu'un et lui faire l'amour. Je ne vois pas. Pourquoi ne serait-il pas possible d'aimer deux personnes à la fois ? Ou trois ? À des moments différents ? Pourquoi les amoureux sont-ils toujours si peu généreux avec les autres ?

Avec elle, je ne sais pas où je vais.

Après l'amour, tu avais souvent l'air ailleurs, comme entré à l'intérieur de toi.
Je me demande souvent ce que tu penses de moi.
Je me demande s'il t'arrive de penser à moi.
Je ne suis pas sûre de t'inspirer des pensées.
Il existe quelque chose de mécanique entre nous.
De mortel.

Je venais de lui conseiller d'acheter un roman de Nicholson Baker. C'était quelques jours avant notre première nuit. Elle m'avait appelé plusieurs fois, me faisant du rentre-dedans. Elle portait des colliers voyants et des jupes assez courtes. Elle avait une voix d'enfant. Elle voulait que je lui conseille des livres qui m'avaient marqué. Je lui ai parlé de *Vox*. C'est la retranscription intégrale d'une très longue conversation téléphonique. L'homme et la femme ne se verront jamais, mais ils s'excitent par combiné interposé. Une grande tension érotique parcourt tout le livre, pour finir en apothéose.

C'était un jour de semaine vers midi. Je l'avais appelé. Je ne savais pas que son répondeur était en train de nous enregistrer. Il n'avait encore rien tenté, mais il se savait en terrain favorable avec moi.

C'était très agréable. Je me souviens d'une conversation sur le cinéma. Tu rentrais d'un week-end à la campagne avec ton mari. Je voulais savoir si tu avais lu mon livre. Nous n'avions encore jamais parlé de cul ensemble. J'étais troublé à la pensée de te savoir avec ce livre. Nous parlions fort civilement de cinéma et puis je t'ai demandé brutalement si tu avais lu *Vox*. Tu as dit « oui » après un silence. Je t'ai demandé ensuite si tu portais un soutien-gorge, s'il te serrait. Je t'ai demandé de l'enlever. Tu hésitais parce que tu craignais que quelqu'un n'entre dans la pièce. Je t'avais conseillé de garder ton chemisier. Je voulais que tu te caresses. C'est ce que tu as fait. Ton souffle dans mon oreille au téléphone à cet instant. Pendant ce temps, nous continuions à parler de *Waterworld* avec Kevin Kostner. L'histoire d'un mutant qui cultivait des citrons.

Je te voyais sans te voir. Je voyais ta queue compressée dans ton slip et la bosse qu'elle faisait à ton jean.

— J'étais hier à la campagne. J'ai fendu du bois.
— Vous aviez emporté le bouquin ?
— Oui.
— Votre mari était là ?
— Il y avait aussi son fils et un de ses copains et les chiens. On s'est embourbés avec le 4×4. On en a bavé pour dégager les roues. Vous m'auriez vue...
— Vous aviez des bottes en caoutchouc ?
— Pourquoi me demandez-vous ça ?
— Pour rien, comme ça.
— Parlez-moi de votre femme, elle va bien ?
— Moyen. Et votre mari ?
— Je n'aime pas quand vous parlez de lui sur ce ton.
— C'est vous qui avez commencé... Quand vous le lisiez à la campagne, votre mari était où ?
— Dehors.
— Vous étiez habillée comment ?
— J'avais un gros pull et un jean.
— Tu avais les pieds nus ?
C'était la première fois que je la tutoyais.

Je voyais ta main qui s'occupait de ta queue en pensant à moi. J'étais chaude et fière.

— Quand ton mari est rentré, tu as continué à lire ?
— Oui, j'ai fait du thé et on a mangé des gâteaux...
— Vous... vous avez été dans la chambre ensuite ?
— Non, il était fatigué. Le livre m'a mis dans un drôle d'état. Il a dû me voir rougir. Pour avoir une contenance, je prenais un autre livre.
— C'était quoi ?
— Blaise Cendrars. Vous connaissez *La Main coupée ?* Ça raconte sa guerre dans les tranchées.
— Il est comment votre soutien-gorge aujourd'hui ?
— En soie framboise. Et j'ai un chemisier assez échancré.
— Il ne te serre pas un peu ?
— Si.
— Enlève-le, mais garde le chemisier au cas où quelqu'un entrerait.
Pendant une trentaine de secondes, la bande est presque silencieuse, on entend nos souffles et le froissement du tissu, puis sa voix refait surface, un peu rauque.

J'ai enlevé mon soutien-gorge. Je n'arrivais pas à te tutoyer. J'avais déjà fait ça il y a longtemps avec un copain. Il allait trop vite. Toi tu prenais ton temps.

Je te demandais si tu te branlais toujours. Tu disais « oui ». Ça me suffisait. Nous avons tenu une bonne heure avant que tu n'exploses.

Il aurait fallu, dès le départ, savoir que toutes nos paroles, tous nos gestes et toutes nos pensées n'existeraient que pour ça. Le sexe. Pas forcément le plaisir, mais forcément le sexe.

Nous avons eu une période téléphone, avant de passer aux choses plus sérieuses. Le but du jeu était d'essayer d'aller toujours plus loin. Elle me faisait confiance. Elle pensait que je savais où nous allions. Souvent, j'ai peur de ne pas bander. Avec elle, au bout d'une nuit, je ne me suis plus posé la question. Pourtant, je ne l'aime pas. Je veux dire, je ne suis pas amoureux d'elle.

La nuit, je te laisse te retourner et je comble tous les creux que tu donnes à ton corps. Je pourrais suivre tes mouvements mais tu ne bouges pas tellement. Je garde toujours ton sexe dans ma main. Il est posé sur ma paume, juste posé et il s'endort. Quelquefois je le sens un peu frémir, alors j'ai envie de resserrer mes doigts autour de lui, de l'enfermer et de bouger ma main doucement. Monter, descendre, monter, descendre, tirer sur la peau, revoir le miracle du sang qui afflue, sentir les veines qui se gonflent et savoir que cette érection est pour moi. Mais je laisse mes doigts ouverts parce que tu dois dormir. Il est déjà très tard.

Un de mes amis, Ernesto, pense que ce qui unit avant tout un homme et une femme est la complémentarité entre nos organes de reproduction. Ernesto pense sérieusement que l'amour est une loterie biologique. Sa théorie rabâchée des dizaines de fois est obscène. Tu as déjà vu des couples mal assortis, une grande avec un petit, une belle avec un moche, comment expliques-tu ce phénomène ? Selon Ernesto, Dieu aurait imaginé six ou sept milliards d'individus à prises mâle et femelle. Seule une infime proportion de sexes serait complémentaire. Cela ne tiendrait pas à la taille ou à la profondeur, ni au mouvement. Cela tiendrait à autre chose. Un phénomène chimique. Une magie hormonale. Une histoire de veine, de chaleur sanguine, d'humidification, de creux et de bosses. Ernesto parle de « capillarité ».
Il dit aussi que le bonheur parfait dans un couple ne peut exister que par le sexe :
— On baise des dizaines de femmes dans une vie, et réciproquement. Comment expliques-tu que l'amour

marche mieux avec certaines que d'autres ? Ce n'est pas qu'une question de mental. Le sexe domine. On voit que tu n'as jamais connu ça, sinon tu ne parlerais pas comme tu parles. Tu intellectualises trop. Laisse-toi aller...
Jusqu'à ma rencontre avec toi, je trouvais ce genre de conversation stérile. Et Ernesto un peu débile.

Chez l'éditeur, personne n'est au courant. Hier, il est venu, il est passé derrière moi. Il y avait du monde dans le bureau. J'avais le dernier tailleur que m'avait offert mon mari. Celui avec la fermeture Éclair dans le dos. En se penchant, il a glissé son doigt entre ma peau et mon slip. La fermeture de ma robe était légèrement défaite. Il m'a demandé de me relever, puis il est allé parler avec son éditeur. Quand il est revenu, il a recommencé en m'enfonçant son doigt très profondément. Comme je m'étais relevée, c'était plus facile. J'étais trempée.

Ce que je préfère, ce sont les milieux de nuit, quand il est deux ou trois heures. Est-ce moi qui ai bougé ou elle qui se souvient soudain de ma présence ? Tu te rapproches et tu descends le drap sur mes hanches. Ton bras glisse sur mon ventre, ta main est encore un peu froide. Tu ne dois pas me réveiller, je ne dois pas me retourner. Tu te rapproches encore, je sens la douceur de ton duvet contre mon genou, tu es tellement prête et moi qui ne suis pas encore en état. Tu cherches un peu ton chemin entre mes jambes, tu te frottes et tu t'enfonces doucement dans mes rêves. Je suis souvent crevé quand je la vois. Je sais qu'elle ne pense qu'à baiser. J'ai parfois peur de ne pas tenir la distance. Après la première pipe, je suis en confiance. On baise une quinzaine de minutes plus tard. Et puis encore une autre fois et je m'endors. Je baise aussi ma femme à un rythme très irrégulier.

Je décide de passer quelques jours chez mes parents. Mon mari ne vient jamais. Il a presque l'âge de mon père. Ils n'ont rien à se dire. Depuis quelques mois, je pense plus souvent à mes parents. Je me dis que j'ai peut-être été injuste avec eux. Alors, j'y vais, mais dès que j'y suis, je ne pense qu'à filer.
Je suis épanouie. Tu m'as dit en partant : « C'est pas possible, tu es de plus en plus belle. C'est moi qui te fais cet effet-là ? »
Je voudrais crier partout que je suis heureuse de me faire baiser si bien, que c'est bon pour le teint. Je me retiens un peu.
Je reçois un énorme bouquet de roses. Ma sœur s'en fout, ou fait semblant de s'en foutre. Mon histoire d'homme marié avec enfants lui reste en travers de la gorge. Impossible pour elle de ne pas se projeter dans le mauvais rôle, celui de la femme trompée, humiliée. Elle me parle de mon mari, me demande si je pense au mal que je lui fais. Je lui réponds que merde on n'a

qu'une vie, qu'il suffit de ne rien dire. J'ajoute que le mariage ne vaccine pas contre l'amour, ni les enfants d'ailleurs. Je lui demande si elle a déjà pris son pied plus d'une fois par semaine. C'est méchant, je sais.

Je ne crois pas vraiment à l'amour de notre histoire. C'est une histoire, c'est tout. J'existe, ce n'est quand même pas ma faute et je ne veux de mal à personne. Je suis d'un réalisme absolument sincère et je ne lui demande rien qu'il ne puisse me donner. Je voudrais expliquer à ma sœur que tout cela n'est pas forcément grave. Je voudrais la prévenir de ce malheur qui l'attend. Sa politique de l'autruche. Ses convenances de petite vieille de vingt-cinq ans. Ces phrases qu'on nous répète depuis toute petite. Je n'ai encore jamais eu le courage de lui dire que son mari m'avait fait du pied chez maman en mai dernier. Je ne lui ai jamais dit que je m'étais laissé faire. Seule une queue bien raide peut me faire baisser les yeux. Je ne suis soumise qu'à ses désirs.

Ne jamais admettre qu'il y a du mal à se faire du bien.

Il n'y a que du bien.

Vendredi dernier, je lui ai offert un gode. Je l'avais enveloppé dans du papier cadeau. Je lui ai demandé de l'ouvrir à mon départ, après que nous avons bien baisé. J'aurais voulu voir son visage à cet instant. Je suis sûr qu'elle a souri. Je pense lui en offrir d'autres en augmentant les tailles.

Tant de têtes enfouies dans le sable. Des têtes si différentes, tous les âges, toutes les religions, des plus intelligentes aux plus bêtes, tous d'accord pour hurler que la fidélité est le garant de l'amour. Est-il possible que je me trompe à ce point ? Est-il possible qu'ils se mentent ? Pourquoi est-ce que je ne culpabilise pas ? Il me dit que je suis perverse. Je le regarde, ahurie. Perverse ? Je me jette sur le Petit Robert. Je me plairais donc à encourager le mal. Je serais corrompue, dépravée, vicieuse, altérée, diabolique. Je ne serais ni bonne ni vertueuse. Je présenterais une déviation des instincts élémentaires. Je serais bestiale, exhibitionniste, fétichiste. J'accomplirais spontanément des actes immoraux. Je serais masochiste, nécrophile, sadique, voyeuse, zoophile. Je chercherais le plaisir physique autrement que par l'acte sexuel « normal ». C'est-à-dire ailleurs que dans l'accouplement hétérosexuel entre partenaires d'âge sensiblement équivalent. N'importe quoi.

Ce que je préfère chez elle ?
Sa perversité. Sa liberté aussi. Elle est la femme la plus libre que je connaisse. Je ne lui dis pas que je commence à avoir besoin d'elle. Je la traite mal.

Mon désir de lui faire l'amour me paraît plutôt naturel. La frustration de cette relation cachée me rend étonnamment gourmande. Il m'est absolument impossible de dormir à côté de lui. Mes mains le cherchent en permanence, il faudrait sans doute m'attacher pour m'empêcher de le toucher. Je lui laisse très peu de repos mais je ne lui refuse rien.
Il m'explique que ce qu'il y a de plus excitant chez moi, c'est ce naturel avec lequel je suis capable d'accepter toutes les situations. Je serais une saine perverse en quelque sorte.
Je suis sans arrière-pensées.
Je suis une fille simple.
Ce sont les autres qui compliquent tout.

La première fois que je l'ai vue s'enfoncer un gode en murmurant que c'était bon, j'ai immédiatement eu une incontrôlable érection. Ensuite, elle m'a dit de me branler. Ce que j'ai fait. Je lui ai dit : « Tourne-toi, montre-moi ton cul. » Elle y a enfoncé mon gros Montblanc.

Et je me suis branlé encore plus fort.

Après, on est allés manger une pizza. Le gode lui faisait mal. Elle m'a demandé si elle pouvait l'enlever. J'ai refusé, bien sûr.

J'avais envie qu'il refuse. J'ai joui plusieurs fois dans le restaurant, surtout quand il poussait le gode avec son pied, sous la table. Je crois que le serveur a remarqué. Ça m'a encore plus excitée. Je rêve d'une machine à arrêter le temps. Tous les gens dans le restaurant seraient statufiés, sauf lui, moi et le serveur. On baiserait sur la table et le serveur se branlerait en nous regardant.
Ensuite, tout rentrerait dans l'ordre, mais dans nos regards quelque chose de nouveau et de beau serait allumé.
Quelque chose d'ardent.

Avec les filles, je ne fais pas trop d'efforts. C'est en général ce qui marche. Je regarde beaucoup leur cul. Il peut être gros, énorme même. Je suis plus exigeant sur le cul que sur la poitrine.
J'adore imaginer une femme de dos, affairée. Je la pousse, lui fais mettre la joue contre une table de sorte que même ainsi baissée elle puisse me voir en train de la baiser. Je lève sa jupe et je découvre son cul blanc et un peu flasque, je le frappe du plat de la main, je l'écarte et je la fourre en agrippant de tous mes doigts ses fesses rougies. J'aime la peau blanche parce qu'on la voit rougir. J'aime moins les culs musclés et bronzés, les culs de salle de gym relookés aux UV. Ces culs-là ne sont pas faits pour l'amour, ils ne sont faits que pour l'apparat ou la *dance music*. J'ai une vénération pour les culs blancs, ceux qui ne servent à rien d'autre qu'à être baisés.

Il suffit de savoir te parler pour te faire venir, alors j'essaie de plus en plus de t'appâter.
Je te dis que j'ai absolument besoin de sentir ton sexe dans ma bouche.

C'est venu, comme un déclic. Jusqu'à trente ans, j'avais surtout trompé ma femme en pensée. Je ne pensais pratiquement jamais à la mort. Disons que je vivais dans la répétition, dans un monde convenu et sans surprises, où le bonheur était latent et jamais évident.

Et puis, une nuit d'été, pendant qu'elle était en vacances, je me suis fait une pute que j'ai abordée dans la rue. J'étais soûl. Je l'ai emmenée à l'hôtel. J'ai baisé comme je n'avais plus baisé depuis très longtemps. J'ai payé et j'ai pris rendez-vous pour le lendemain. Cette histoire a duré un an.

Je ne connais pas son prénom, ni elle le mien.

En un an, on a dû tirer une trentaine de coups. Ce n'est pas ce que je préférais. Ce que je préférais, c'est quand elle me suçait à fond en se caressant la chatte. Elle avait une chatte très poilue, très noire, très soyeuse, très brillante. En un an, elle a dû me tailler une cinquantaine de pipes. J'ai dû lui laisser trente mille francs.

C'est venu, comme un déclic. Jusqu'à trente ans, j'avais surtout trompé ma femme en pensée. Je ne pensais pratiquement jamais à la mort. Disons que je vivais dans la répétition, dans un monde convenu et sans surprises, où le bonheur était latent et jamais criant.

Et puis, une nuit d'été, pendant qu'elle était en vacances, je me suis fait une pute que j'ai abordée dans la rue. J'étais soûl. Je l'ai emmenée à l'hôtel. J'ai baisé comme je n'avais plus baisé depuis très longtemps. J'ai payé et j'ai pris rendez-vous pour le lendemain. Cette histoire a duré un an.

Je ne connus pas son prénom, ni elle le mien.

En un an, on a dû tirer une trentaine de coups. Ce n'est pas ce que je préférais. Ce que je préférais, c'est quand elle me suçait à fond en se caressant la chatte. Elle avait une chatte très petite, très noire, très soyeuse, très brillante. En un an, elle a dû me tailler une cinquantaine de pipes. J'ai dû lui laisser trente mille francs.

En tout, elle et moi avons dû échanger une dizaine de mots. Je n'ai jamais su pourquoi elle se caressait. Si c'était à cause de moi...
Elle m'a appris qu'il y avait des histoires de sexe et des histoires d'amour, qu'il suffisait de construire une grande barrière entre les deux. Et ne pas trop parler. C'est ce que j'ai fait.

J'ai horreur des paroles inutiles. Les mots vides et les phrases creuses peuvent me rendre méchante. La maladresse ne m'attendrit pas. Un homme a beaucoup plus de chances d'arriver à ses fins en me disant qu'il a envie de moi, que je le fais bander à s'en faire péter la braguette, que s'il s'enlise dans un discours dragueur plein de clichés. Ta gueule et baise-moi. Avoue que tu as envie de me mettre toute la nuit. Personne ne m'a jamais parlé ainsi. Et je n'ai jamais parlé ainsi à personne. Je ne dois pas avoir le physique de quelqu'un à qui l'on parle aussi directement. Beaucoup ont à peine ouvert la bouche que j'entrevois tout le pathétique de la situation. Comment peuvent-ils être si naturellement creux ? Ma curiosité me piège souvent. Elle les rend hardis et j'ai ensuite tout le mal du monde à me débarrasser d'eux. J'ai toute une réserve de mots prêts à l'emploi. Ils voyagent dans ma tête, sans pouvoir sortir. Tu es le premier à l'avoir compris.

Dans la soirée, nous partons tous les deux en voiture à Paris. C'est moi qui conduis, je roule très vite. Sa main me caresse et cela devient rapidement dangereux pour notre sécurité. Je lui demande de patienter. Je lui demande d'enlever sa culotte et ses collants. Sa jupe est relevée, les collants tombent sur ses escarpins rouges. J'enfonce mes doigts dans son sexe. Ma main droite écarte ses lèvres pour dégager son clitoris, mes doigts tournent autour de lui, en l'effleurant, puis retournent dans son ventre. Ils cherchent au fond de son sexe cette substance chaude et visqueuse.
Je continue ce va-et-vient jusqu'à ce que le désir devienne insupportable, tout son corps se tend vers ma main.
Ses yeux font des aller et retour entre moi et la route. Elle veut qu'on change de place. Je refuse. Je reprends le volant des deux mains en la regardant se caresser. Je lui dis : « Vas-y, branle-toi fort. » Je dépasse des camions.

J'enfonce un pouce dans mon ventre et je m'empale sur un autre doigt. Il dépasse des camions et ralentit sa vitesse pour les faire profiter du spectacle. Je souris à cet acte d'extrême générosité. Mon index cède enfin à l'appel désespéré de mon petit bouton. Ma main se cherche à travers la fine paroi qui sépare mes organes, je vais bientôt jouir et je voudrais bien qu'il en profite lui aussi. Le parking est seulement à quelques centaines de mètres, mais mon orgasme arrive le premier. Je ne lui laisse pas le temps de s'arrêter, mes mains s'acharnent déjà sur sa ceinture et je me jette sur lui. Mes lèvres roulent le long de la colonne et remontent doucement, accompagnées de ma main, ma langue écarte cette si jolie petite fente au bout du gland, j'en bave de bonheur. Sa voix si particulière me pénètre doucement. Il me parle de quelqu'un qui s'approche, sans doute le chauffeur du camion garé à côté de nous. Je fais un mouvement pour relever la tête mais ses mains bloquent ma

nuque et me pressent de continuer mes mouvements. Il me demande de me rapprocher de la fenêtre, de relever mon cul, je fais non de la tête sans arrêter de le sucer, j'ai tout à coup très peur. Il me répète de m'approcher de la fenêtre, me décrit le type, tout ce qu'on peut imaginer de plus répugnant. Je sens l'air froid. Je tends pourtant les fesses le plus haut que je peux. Il ouvre la vitre plus grand. Je ne sais pas si c'est le froid ou l'angoisse qui me glace le plus. J'attends fébrilement que des mains se posent sur moi, qu'elles écartent mes fesses et qu'on me prenne violemment.

Je coule de plaisir.

C'est son sperme qui me fait revenir à la réalité en inondant ma bouche. Je le fais rouler sous ma langue avant de l'avaler et je me relève en riant.

Le parking est désert.

J'ai le sentiment qu'il ne me reste que le sexe et elle.

On roule en silence, je remets invariablement la même chanson dès que la cassette se termine. Shirley Horn. *Trav'lin' light.* De temps en temps je le regarde. Il me sourit et je me sens bien.

Cette envie qu'il ressent pour moi me donne une légitimité que je n'ai pas encore trouvée ailleurs. Le sentiment d'avoir le droit d'être là. Si cela était possible, je voudrais vivre en permanence avec sa queue à l'intérieur de moi.

Je pourrais être une maîtresse parfaite s'il voulait en avoir une.

Elle m'a dit : « On va bien s'amuser tous les deux. » J'aime bien cette phrase. Si on était arrivés deux heures plus tôt, je l'aurais amenée en boîte, tout de suite. Je lui fixe un rendez-vous pour le lendemain soir.

Je l'attends toute une soirée. Il ne vient pas, appelle vers minuit pour s'excuser. Sa femme.
Il me téléphone le lendemain pour me donner rendez-vous dans un restaurant chic du quartier George-V. J'arrive la première et je m'obstine à l'attendre sur le trottoir malgré l'insistance du portier qui veut me faire entrer. Je détonne avec ma minijupe rose et mes tresses. Je porte des lunettes sombres qui me cachent en partie le visage, et un long manteau en agneau que je laisse ouvert. Je pense parfois à la tête que ferait un collègue de mon mari s'il me reconnaissait dans cette tenue.
Penchés l'un vers l'autre au-dessus de nos assiettes, on se raconte inlassablement toutes nos histoires de cul. Il est très gentil et s'occupe de moi comme d'une petite fille. Son pied nu coincé entre mes cuisses, il m'encourage à manger. Je dois bien mettre une heure à finir mon assiette avant qu'il ne me propose d'aller boire un verre.

Une entrée discrète dans une rue discrète, une plaque dorée peu suggestive. Elle se doute de ce qui va suivre. Je l'ai prévenue que ce serait chaud. Elle s'agrippe à ma main, me demande si je ne crains pas que des gens nous reconnaissent. À vrai dire, je n'y ai jamais pensé. Chacun, ici, est dans la même situation. Pour la rassurer, je lui glisse à l'oreille que le plus difficile est de se lancer :

— Après, tu verras, c'est comme rouler en vélo...

La porte s'entrouvre prudemment de cinq centimètres. Un rapide contrôle nous juge conformes aux critères du lieu. Les codes sont constants pour ce genre d'endroit : pantalon strictement interdit pour les femmes, col roulé ou tout autre effet trop couvrant sérieusement déconseillé, hommes seuls bannis sauf à certaines heures ou certains soirs de la semaine, visites de femmes seules fortement encouragées mais hautement improbables.

Nous nous installons au bar. Plafond trop bas, lumière blafarde, velours rouge usé et musique des années

soixante-dix. Les écrans vomissent des gros plans de sexes en action. Des photos aussi de femmes avec de gros seins, genre posters pour routiers (mais sous verre). Je l'abandonne pour aller faire un tour de repérage. Je la regarde s'accrocher à son tabouret, inquiète. Elle essaie de trouver une contenance. Son regard parcourt la pièce et croise celui de quelques rapaces prêts à fondre sur la première proie venue. Je décide de me passionner pour l'activité des deux serveuses. Elles sont entièrement rasées, portent des strings et des cache-tétons dorés. Je reviens au moment où elle doit commencer à me maudire de la laisser si seule. Je l'entraîne vers un endroit plus sombre.

Nous nous faisons une place dans le cercle qui s'est formé autour de deux filles. Elles sont couchées par terre l'une sur l'autre et se caressent au son d'une chanson des Rolling Stones. *Angie.* Quelques mecs regardent, excités mais surtout très énervés de ne pas pouvoir participer. Le patron de la boîte s'approche et commence à râler contre cette salope qui lui pique toutes les filles. La salope en question a enfoui sa tête sous la jupe de l'autre fille et rejette de temps en temps les mains masculines qui se posent sur elle.

J'aimerais assez qu'elle s'occupe de moi comme ça. Il a d'autres idées me concernant, il m'emmène dans la pièce voisine et m'immobilise devant un couple plus expansif. La femme lance à pleins poumons des « oh oui c'est bon » et autres « vas-y défonce-moi » en se tortillant sous un mec. Je trouve cette scène assez comique, mais je ne suis pas là pour rire.

La pièce est grande, flanquée de larges banquettes contre trois de ses murs. Une faible lumière rouge donne aux corps des reflets bizarres. Il m'entraîne dans un coin et commence à me déshabiller. Ma culotte est trempée. Quelques personnes nous ont suivis, mais se tiennent encore à une distance respectable. Je me retrouve rapidement nue, et à genoux devant lui, je me caresse en m'occupant de lui. J'éprouve énormément de plaisir à me sentir regardée. C'est la première fois. Je leur tourne le dos, mais j'entends leur respiration. Le petit bruit mouillé si caractéristique de la masturbation me renseigne sur ce qui se passe. Leurs mains ne tardent pas à

me rejoindre. Combien sont-elles à me parcourir ainsi ? Impossible à dire, le corps ne donne pas ce genre d'information. Il se contente de transmettre des messages de plaisir ou de douleur, sans que l'on sache très bien ce qui est de la douleur, et ce qui est du plaisir.

Je la regarde se donner en spectacle. Je lui demande de branler l'autre type. Elle s'exécute. Je ne pensais pas qu'elle accepterait si vite, je m'attendais à un minimum de résistance.

Ma main est brusquement arrachée à son corps et dirigée vers une bite inconnue. Je résiste à cette attaque surprise et me retranche rapidement sur un terrain connu, la main étrangère toujours accrochée à mon poignet. Sa voix si familière à mes oreilles et à mes orgasmes me demande de le branler. Je ne suis pas une fille désobéissante, j'abandonne toute résistance, et éprouve même du plaisir à faire jouir cet organe détaché de toute réalité personnelle. C'est une bite assez grosse. Je l'astique du mieux que je peux. Je ne sais plus ce qui va m'arriver. J'ai confiance en lui. Totalement confiance.
Ses bras viennent me chercher et me hissent à une hauteur plus correcte. J'ai l'impression de revenir d'une longue apnée. Je suis un peu soûle et incapable de définir les choses qui m'entourent. Je me laisse embrasser partout, et confiante j'affronte les regards lorsqu'il me tourne vers eux. Mes yeux sont ouverts mais incapables de distinguer les formes qui m'entourent. Je me sens belle et forte. Des mains me

pénètrent de toutes parts. Ma tête bascule en arrière et se blottit sur son épaule au creux de son odeur rassurante.
J'entre dans une dimension nouvelle et indéfinissable : une absence totale de pensées. L'impression que mon esprit était enchaîné à mon corps et à ses sensations. Une liberté inconnue et une fierté inexplicable.

Je l'arrache à eux sans doute au moment où ils sont sur le point de la prendre. Un type mécontent suggère qu'elle aurait peut-être son mot à dire. Il la regarde en attendant une réponse. Je lui souris, me foutant un peu de sa gueule.

Moi ? Prendre une décision ? Il n'a vraiment rien saisi de la situation. Je serais à cet instant incapable de choisir le nombre de sucres à mettre dans mon café. Mon plaisir est lié à ma soumission. Le fait qu'il m'adresse la parole me paraît complètement déplacé.

J'ai maintenant très envie de la baiser.

Je me laisse conduire sur une des banquettes et nous faisons l'amour en ignorant le lieu et ses habitants. Je lui suis très reconnaissante de me dire qu'il m'aime à cet instant-là.

Je lui dis que je l'aime. Ce n'est pas un engagement sur l'avenir, c'est un aveu inattendu. C'est sorti de moi sans effort. Presque naturellement. Je ne dis jamais ça d'habitude. Je voulais la remercier d'être comme elle est. Après, je me souviens d'avoir regretté te l'avoir dit.

Cet aveu inattendu t'a fait peur. Tu m'as expliqué que tu ne disais jamais cela. Même à ta femme. Tu as eu peur que je ne m'empare de ce « je t'aime » comme d'une victoire, que je ne le retourne contre toi. Tu as eu peur et tu me l'as fait payer.
Je me suis demandé, à partir de ce moment, pourquoi j'étais si indigne d'être aimée de toi.

Elle m'embrasse en ouvrant très largement sa bouche. Sa langue, d'habitude paresseuse, s'attarde longtemps. Je laisse faire en attendant la suite. Le lendemain, au téléphone, elle me demande de lui raconter la soirée. Elle veut savoir ce que j'ai pensé d'elle. Elle joue à celle qui ne se souvient plus. Elle se rappelle les escaliers et sa peur.
— Ensuite, c'est flou. Dis-moi comment j'étais ?
— Bien, très bien... Tu étais exactement comme il fallait être. Tu étais disponible, ouverte à presque tout. Je pense que j'aurais pu faire ce que je voulais de toi.
Cette confiance m'a effrayé.

Mon corps est comme j'aimerais qu'il soit. Encore que des seins un peu plus gros ne m'auraient pas déplu. Mon corps va vieillir. Je suis contente de vivre ce que je vis. Plus tard, je ne pourrai plus. Je ne sais pas ce qu'est l'amour. Celui qu'on me montre tous les jours ne me convient pas. Cette dépendance égoïste et rassurante.
Plus tard, j'aurai ces souvenirs. Je me ferai baiser en pensant à ces moments. Il suffit d'ailleurs que je repense à cette scène dans la boîte pour être toute mouillée.
Plus tard, je sais que tu ne seras plus là.

Le sexe est une drogue. J'ai mes périodes de shoot et d'abstinence. Certains jours, je pense tellement à ça que je ne peux pas travailler, ni me concentrer sur rien. J'ai envie d'écrire un livre de cul.

Un écrivain a tous les droits. Les gens qui ont un écrivain dans leur entourage doivent savoir que tout ce qu'ils disent ou font peut être utilisé par lui. Ils le savent.
Tu peux faire de moi ce que tu veux. Tu ne parviendras pas à me déplaire, malgré tes efforts.

Je suis pris au piège. Au début, je pensais me servir de toi pour écrire.
Je sentais que notre histoire pourrait faire une belle histoire, mais je manque de recul.
Je l'encourage régulièrement à tout noter dans son carnet.

Je le retrouve chez lui le lendemain soir. Sa famille est partie en week-end et il a décidé de les rejoindre plus tard. Le temps de passer une soirée avec moi. Il est fatigué mais content de me voir. Moi je suis en pleine forme et surexcitée depuis son coup de téléphone du milieu d'après-midi. En m'ouvrant la porte, il me tend des billets de concert, je fouille ma mémoire pour essayer d'y retrouver le nom de cette chanteuse. Non, ce nom n'évoque rien pour moi. Il soupire en disant qu'on n'est pas de la même génération. Son plaisir à vouloir creuser notre différence d'âge me fait rire. Je fais peu de cas de nos dix ans d'écart. Lui adorerait m'enlever encore quelques années.

Nous sommes très en retard, j'ai à peine le temps de lui dire correctement bonjour que nous sommes déjà sur son scooter. Il fait très doux, le vent soulève ma jupe et dévoile ma culotte aux automobilistes ravis. Je me serre contre lui comme une vraie amoureuse.

Elle ne connaît pas Marianne Faithfull.
En roulant, elle me caresse. J'essaie de ne pas éjaculer. La tache serait trop visible sur mon pantalon en lin. J'essaie. Et puis je n'essaie plus.

J'adore qu'on me fasse l'amour quand je suis occupée à faire autre chose. J'essaie de rester concentrée le plus longtemps possible, je trouve cela très jouissif. La loge est pleine à craquer, impossible d'espérer la moindre caresse dans cette boîte de sardines. Je dérange tout le monde en voulant me placer devant pour voir la chanteuse. J'essaie de m'intéresser à ce qui se passe sur scène, j'essaie d'écouter la musique, mais mon esprit refuse de penser pendant plus de deux minutes à un sujet qui ne le concerne pas. Je le trouve trop loin de moi et je finis par le rejoindre. Je l'embrasse et le caresse un peu, je l'attire vers l'obscurité. Nous manquons d'espace. Des gens toussent. Il me demande si ça me plaît. Je lui réponds « oui oui » sans beaucoup d'enthousiasme. Mes allées et venues finissent par lasser le public. Nous décidons de partir, à la grande satisfaction de tous. Je le branle dans l'escalier du théâtre. Je sens sa queue frémir sous mes doigts dans le tissu léger. Il se frotte contre mon cul dans la pénombre.

À la sortie, un ami remarque la tache sur mon pantalon. Je suis un peu gêné. Il sourit. Je remarque qu'il la trouve belle.

Depuis que les sorties du samedi soir sont devenues ringardes, les vendredis sont les nuits les plus chaudes de la semaine. Les boîtes échangistes ne dérogent pas à la règle. À partir de minuit, tout le monde cherche un peu de chaleur humaine. Et plus, si affinités. Public plus jeune et femmes plus belles, le nouvel endroit où il m'amène commence à me plaire.
Le sous-sol ressemble à un labyrinthe. Une atmosphère chaude et moite m'envahit. Des couloirs étroits desservent des pièces plus ou moins grandes, leurs murs de pierres me font hésiter entre le château fort et la prison moyenâgeuse. Une femme portant des fausses tresses africaines, les yeux cachés derrière des lunettes noires, le cul compressé dans une jupe en cuir de chez Jean-Paul Gaultier, chevauche un type au pantalon baissé. Sa jupe est déboutonnée jusqu'en haut des cuisses, mais aucune des lanières de son bustier rouge n'est desserrée. Je ne vois pas encore le visage de l'homme.

En revanche, elle est éblouissante. Elle se tient droite, la tête légèrement penchée en avant, ses tresses lui couvrent le visage par intermittence. Je m'approche. Entièrement concentrée sur les mouvements rythmés de son bassin, elle semble à peine nous remarquer lorsque nous nous installons à une distance qui laisse peu de doute sur nos intentions. Son ami nous accorde un sourire de bienvenue.

Dans un mimétisme parfait, elle se déshabille à moitié, enlève son slip et sa jupe, ouvre son gilet, mais garde son soutien-gorge blanc qui grossit encore la taille de ses seins. Ils débordent légèrement du cadre, pour l'exciter, je pince la chair qui dépasse. Elle m'enjambe. Je la pénètre immédiatement très fort et très loin.

J'ai très envie qu'il m'encule.

J'ai peur d'éjaculer trop vite. Pendant qu'elle s'empare de ma queue, je renifle un peu de poppers. Les vapeurs du poppers aident à rester concentré, à sentir sa peau comme s'il s'agissait d'une seconde pellicule de caoutchouc. À prendre cette minuscule distance qui me permet d'avoir conscience du bonheur que cela va être de jouir en elle. À faire reculer et durer le moment où, fatalement, je vais exploser.

Je dépose mes fesses ouvertes sur sa bite et je m'enfonce tout doucement. Son immobilité totale me permet de doser parfaitement ma douleur et mon plaisir. J'arrête de respirer. La progression dans ce couloir si étroit ne se fait pas sans peine, je le laisse rentrer et sortir en lui faisant chaque fois gagner un peu plus de terrain. Lorsque enfin plus aucune résistance ne l'empêche de progresser, il décide de recommencer à exister. Il prend ma main et la dépose sur mon cul. Il me montre comme je me suis ouverte pour lui. J'aurais difficilement pu imaginer cela. Mon cul est une grande fleur épanouie aussi douce que de la crème fouettée. Je le fais replonger, j'ai envie qu'il aille très loin. Cette sensation de vide que je découvre dans mon ventre me rend folle. Mon voisin se rappelle à mon souvenir en se penchant vers moi. Ses doigts s'aventurent dans la place abandonnée.

Je me retourne vers eux, et j'ai l'impression de me voir dans un miroir. La fille a enlevé son bustier. Ma

main se tend vers elle pour vérifier l'exactitude du tableau. La réalité me remplit de joie, nous sommes en parfaite sodomie synchrone.

Je lui dis :
— Toi, tu as été fabriquée pour faire l'amour, tu ne devrais faire que ça.
Elle répond :
— N'oublie pas de me faire l'amour demain avant de partir.
Elle m'a dit ça juste avant de s'endormir. Les yeux fatigués, le corps qui demande du repos. Comment pourrais-je oublier ?
Pourquoi a-t-elle l'air si amoureuse ?
Au bar tout à l'heure, elle m'embrassait et se serrait dans mes bras sous le regard ahuri du type qui venait juste de la baiser. Je crois qu'elle ne l'a pas reconnu.
Avec elle, j'ai toutes les audaces.

C'est ma meilleure amie. Elle vient de me raconter la dernière histoire de son copain. Il voudrait organiser une partouze avec des amis et n'attendrait que son accord pour fixer la date. Sa réaction laisse supposer que ce n'est pas envisageable même dans le plus lointain de ses fantasmes. Je lui demande pourquoi c'est si horrible de coucher avec des personnes qu'on ne connaît pas. Elle prend un air dégoûté, puis amusé. Elle est sûre que je blague, que je la provoque. Moi qui commençais à penser que la terre entière ne rêvait que d'immense orgie, je suis un peu calmée. Je me demande si la proposition de son ami est sérieuse. Je n'ose pas imaginer le début d'un débat sur la question. Pour débattre de quoi d'ailleurs ?

Je me sens différente.

Je n'éprouve aucune honte à aller dans des boîtes d'échangistes, simplement un décalage de plus en plus grand avec la masse bien baisante. Je ne veux provoquer personne. Je me pose juste quelques

questions sur les fantasmes et les pratiques sexuels. Je n'accepte pas de règles, je n'ai aucun *a priori* et je refuse qu'on m'impose une morale dans laquelle je ne me reconnais pas. La condamnation de la sodomie dans certains États américains me fait hurler de rire. Qu'une loi puisse, dans un État démocratique, se pencher sur les penchants sexuels d'êtres libres et majeurs me semble surréaliste.

Pour la première fois depuis que nous nous connaissons, un peu d'ennui. Les boîtes n'échappent pas aux habitudes, après quelques soirées, on a l'impression de les connaître toutes, de savoir à l'avance ce qui va s'y passer. Je me demande ce que je pourrais inventer de nouveau, ce qui lui plairait. Je lui suggère de me présenter une amie à elle. Ou deux. Elle refuse, choquée.

Quand tu arriveras tout à l'heure, je serai sur le balcon et je regarderai les gens passer dans la rue. La porte sera entrouverte, tu entreras sans faire de bruit. Tu te colleras derrière moi sans qu'on te voie, tu soulèveras ma jupe. Tu tendras ton sexe vers moi et tu me caresseras à travers mon slip. Je me cambrerai, tu essaieras de forcer le passage. Tu te frotteras au tissu jusqu'à ce que tu me sentes bien prête. J'aborderai alors quelqu'un dans la rue. Ce sera au moment précis où tu écarteras ma culotte pour me pénétrer. Je choisirai quelqu'un avec un chien et je lui parlerai de tout ce que nous coûtent les merdes de chien. Je lui parlerai jusqu'à ce que ma voix se casse de plaisir. J'essaierai de tenir le plus longtemps possible. Il faut que ce soit violent et intense. Un jour, je me suis rendu compte du pouvoir que j'avais sur toi.

Elle me parle de Clinton et des lèvres de Monica. La discussion dévie sur nos conditionnements et sur la représentation du sexe dans les films américains.
On peut passer une vie entière à côté du sexe, en ne rêvant qu'à ça, en retenant même ses érections. En devenant prédicateur, procureur ou pornographe.
Elle dit qu'elle aimerait être une petite souris pour se faufiler dans la chambre de Kenneth Starr.
Elle préfère les Russes. Définitivement.

Mon mari est aux États-Unis. Je suis en province pour deux longues semaines. Je retourne chez mes parents. Tu es en vacances avec femme et enfants. Tu m'as dit avant de partir qu'il fallait que je m'amuse et que je ne pense pas trop à toi.
J'essaie de t'écouter sans grand enthousiasme. Je dors avec un de tes tee-shirts qui, nuit après nuit, perd de son odeur. Je revois de vieux amis, je fais des bilans. Vingt-neuf ans, un mari qui ressemble de plus en plus à un fantôme, un amant occasionnel (toi) qui me téléphone régulièrement en me parlant très bas et en disant qu'il doit raccrocher.
Vingt-neuf ans et combien d'amants déjà ? Je ne sais plus comment compter, je ne sais pas qui je dois compter. Une pipe, est-ce que ça compte ? Une pipe, ça n'engage à rien, disent les Américains.
Vingt-neuf ans et combien de pipes ?
Je sors tous les soirs. Mon père ne comprend pas. Il réprouve. Son œil noir, sa petite phrase : « Ne rentre pas trop tard. » Presque dix ans que j'ai quitté la

maison. Presque trente ans que mon père réprouve. Et ma mère qui se tasse, qui s'est toujours tassée. Un jour, je leur dirai tout ce qu'ils ont raté. À commencer par moi.
Un prof de philo me fait du gringue. Il est mignon. Il m'invite au restaurant, fait son baratin. Je me surprends à lui demander s'il veut me baiser. Avant, je n'aurais jamais été aussi brutale. L'autre est décontenancé. J'ai à peine le temps de le caresser qu'il m'éjacule dans la main. Il s'excuse, dit que ça ne lui arrive jamais. Quand enfin il me baise, pour m'exciter encore plus, je pense à toi.

Je profite de ces vacances pour réparer la toiture qui commençait à fuir. Je redécouvre les joies du bricolage. Du cerveau qui se vide. J'ai apporté des livres de philosophie indienne. Je m'endors au bout de quelques lignes. La mer est bleue. La maison blanche. La télé allumée en permanence. Mes filles se font des colliers de coquillages. La plus grande a un amoureux qui porte un jean troué et une boucle d'oreille. Ma femme, absente. Mes filles, trop grandes. Je traîne le soir avec le chien. Je regarde les vagues monter et puis descendre. Et puis monter. Et puis descendre.
Je me mouille les pieds. Je ne me baigne pas. Je vais à la plage. Je leur apporte de l'eau fraîche et des gâteaux et puis je retourne à la maison. J'écoute le Tour à la radio. Le soir, j'ouvre une bouteille de blanc que je finis toujours. Je n'aime toujours pas les bulots. Je baise en pensant à toi. Je te vois suer sur ton gode. Ma femme est très contente de ce que je lui fais. « Les vacances te font du bien », dit-elle. Je lui souris et j'embrasse son épaule.

Je rentre avant lui. Je bous de ne pouvoir lui parler. Mon mari est très prévenant. Il me montre un article publié par lui dans une revue scientifique américaine. Il est fier, ça se voit. Nous allons dans un grand restaurant. Ce soir-là, mon mari me baise pour la première fois depuis deux mois. Je ne ressens rien de particulier.

J'attendais ton coup de téléphone depuis plusieurs jours. Ta voix est chaude. J'ai envie de toi. Je demande si je t'ai manqué. Tu éludes la réponse. Très vite, tu me branches sur mes histoires de cul. Je te raconte que le dernier soir, je suis allée à l'anniversaire d'une copine. Je ne connaissais presque personne. Je n'avais pas envie de discuter. J'avais envie de me soûler. La féte était très gaie, petits-fours, champagne, vieux tubes disco. Les filles étaient presque toutes blondes, la tête haute et le regard fier. Je me demande comment elles font pour être aussi sûres d'elles. On a passé un morceau cubain. Je me suis retrouvée dans les bras d'un type qui m'a

embarquée dans une danse à contretemps aux mouvements purement sexuels. Au bout d'un moment je lui ai demandé pourquoi il allait si vite. Il m'a regardée étonné et a demandé que je le suive. Il m'a emmenée sur le parking en face de l'appartement et m'a prise sur le capot d'une voiture. La voiture était très sale, je sentais la chaleur du moteur chauffer mes fesses. Il y avait beaucoup de monde qui passait. On a dû finir un peu plus loin contre un mur. J'ai fermé les yeux tout le temps, je ne voulais pas le voir, j'ai pensé à toi et j'ai eu un très long orgasme. Ensuite je suis rentrée me coucher. Lui est remonté à la fête, je crois que sa copine était là-haut.

Je lui demande si elle peut trouver un prétexte pour qu'on puisse se voir pendant trois jours.
Je termine mon livre. Mon éditeur est content. Autour de moi, personne ne se doute de ma vie parallèle avec elle. Je suis un type sérieux, monogame, intégré. Je ne parle jamais de sexe en public.

Je prends prétexte d'une réunion de famille pour obtenir un long week-end. Je téléphone à ma mère pour expliquer que j'ai trop de travail pour m'absenter deux jours. Ces mensonges me font horreur.

Les deux heures qui me séparent de lui me permettent de gamberger. J'ai envie de me déshabiller, de m'exhiber, de le faire bander juste en bougeant. Je vois très bien son regard me détailler, son petit sourire m'encourager. J'imagine précisément mes gestes : mes mains remontant le long de mes cuisses, entraînant ma jupe ridiculement courte, les ondulations de mon bassin et de mes épaules, ma tête rejetée en arrière et mes cheveux qui le touchent quand je me retourne pour lui montrer le verso. Mes doigts qui glissent sous l'élastique de ma jupe et la font tomber. Mon string qui subit le même sort. Mes ongles rouges dessinant dix petites taches sur mes fesses blanches quand je commence à me caresser. Mon corps penché en avant pour qu'il plonge dans mon décolleté, profond comme mon sourire.

Quand elle entre dans mon bureau, heureusement désert à cette heure avancée de la soirée, je me jette sur elle sans prendre la peine de lui dire bonjour. Je remonte sa jupe, lui demande de se tourner. Elle pose ses bras contre le mur. Je l'enfile brusquement, sans me soucier de son plaisir. Je cogne et je jouis très vite. Elle se retourne et me mord l'épaule au sang.

Cet accueil ne me déplaît pas, je trouve même l'assaut plutôt flatteur après ces semaines de séparation. Je proteste vaguement et uniquement pour la forme. Il me demande si je n'ai pas peur de me faire violer en me baladant habillée comme cela. Je n'ai pas réfléchi à la question. Mes tenues lui sont destinées. Je me vois à travers ses yeux.

J'ai joui trop vite. Elle aimerait que je sois à nouveau en condition. On s'amuse un peu. Je laisse sonner le téléphone jusqu'à ce qu'on frappe à la porte. Je demande de patienter. Je la fais entrer dans l'armoire. Je fourre sa jupe sous mon pull. Mon rendez-vous de dix-sept heures entre.

Je suis recroquevillée dans l'armoire. Son sperme coule sur le papier journal. Mes fesses seront noires. Sa voix me berce. Ma mère, un jour, me regardait faire des essayages devant la glace : une petite robe noire et des bottes en daim serrées qui montent jusqu'aux genoux. Je me tourne et lui demande ce qu'elle en pense. Elle me répond très gentiment que ça fait peut-être un peu « putain ». Je souris, trop contente d'être d'accord avec elle.
Je n'ai rien d'autre à faire dans cette armoire que me caresser lentement, en somnolant.
J'entends le rire de ma mère. Nous sommes dans sa petite voiture verte. J'étais au CM1. Son rire quand elle disait : « Quoi ? Vous ne savez pas ce que veut dire bander ? » Ma copine non plus ne savait pas. Le mot nous avait échappé, malgré les cours d'éducation sexuelle. Ma mère riait, mais ne nous expliquait rien. L'année suivante, pendant l'autodictée, le gros Ludo, celui qui venait toujours à l'école en survêtement. J'étais à côté de lui. Son coup de coude et son

œil luisant : « Regarde, je bande. » Il a fallu cette bosse dans la culotte du survêtement satiné pour que je comprenne le rire de ma mère. Ludo avait des boutons et les dents jaunes. Et je le faisais bander. Déjà.

Je laisse durer l'entretien une heure. Je m'amuse à penser à elle. Les mains dans les larges poches de mon pantalon. En laissant le gars parler, je me touche pour vérifier. Je ne débande pas. Quand il part, j'ouvre la porte de l'armoire. Elle me sourit. Elle étire ses jambes nues. Elle hurle de douleur. Une crampe. Elle dit que je suis un vrai salaud de lui avoir fait subir ça. Le cul à l'air, elle boxe dans le vide. J'attrape ses poings et je lui roule une pelle. Elle se laisse faire. Je la fais se pencher devant moi. Je déballe ma queue raidie par l'attente.

Il me parle parfois de prostitution. Il me dit qu'il pourrait me vendre à des amis ou à des inconnus très riches. Réaliser qu'il m'est possible de gagner de l'argent avec mon corps me met dans un état second. La prostitution m'a toujours fascinée. L'absence de sentiments me rassure. Ne pas me sentir obligée d'aimer, être dispensée de tout attachement, devenir un objet qu'on utilise et qui a un prix me libère d'un grand poids. Je ne suis pas certaine que les sentiments soient forcément oubliés dans ce genre de relations. L'absence de contraintes donne une liberté plus grande, une porte ouverte à une autre forme d'amour.

Je pense à mon copain Ernesto. Il paierait, j'en suis sûr, pour se la faire. Je crois qu'elle aimerait ça. Il ne faudrait pas qu'il sache que je la connais. Ensuite, elle me raconterait. Ernesto va se marier avec une fille de Neuilly. Grosse fortune, beau cul.

Finalement, je crois qu'il préfère encore me donner plutôt que de me vendre. Lorsque nous rentrons au petit matin, après notre tournée des boîtes, il me dit qu'un ami dort chez lui et qu'il voudrait que j'aille le rejoindre dans son lit. L'idée de me séparer de lui une seule minute ne me transporte pas. Je me sens perdue s'il ne participe pas, ne serait-ce que d'un regard, aux spectacles qui lui sont réservés. J'ai du mal à comprendre le plaisir qu'il peut éprouver à m'imaginer avec son ami. Peut-être n'en éprouve-t-il aucun ? J'espère au moins sa satisfaction proportionnelle à l'obéissance qu'il parvient à obtenir de moi.

Au matin, elle a la mine renfrognée.
— Alors, c'était comment ?
— C'était nul, absolument nul.
— Ah bon, qu'est-ce qui s'est passé ?
— Pourquoi t'es pas venu ?
— Je ne pouvais pas. Je ne veux pas baiser avec des amis. Et je suis sûr que vous vous êtes bien amusés.
— Oui, si on veut... J'ai essayé de le faire bander mais il était gêné par la situation. Je ne suis pas sûre qu'il ait apprécié ton cadeau de mariage. Ça le bloquait de te savoir à côté. Tu aurais dû partir.
— Je suis quand même chez moi.
— Je m'en fous. Si tu avais vraiment voulu lui faire plaisir, il ne fallait pas que tu restes là. Il fallait soit venir, soit partir.
Je n'éprouve rien de particulier. Je me sens vide. Ni jaloux, ni inquiet, ni excité à l'idée de la savoir baisant un autre. Je pense avoir fait ça pour tester son obéissance. De la savoir si soumise est un peu perturbant. Jusqu'où veut-elle que j'aille ? Jusqu'où peut-elle aller ?

Vingt centimètres de long, douze de circonférence, mon nouveau gode est plutôt bien membré. Il ne tombe jamais en panne, on peut compter sur lui vingt-quatre heures sur vingt-quatre. On peut même, si on le désire, l'habiller d'une vraie fausse peau en latex de couleur rose qui pousse la perfection jusqu'à imiter les veines gonflées d'un sexe en érection. Il émet une douce vibration modulable, fort agréable si on arrive à oublier le son de batteur électrique qu'il diffuse dès qu'on le met en marche.

Elle me demande si elle doit rire ou pleurer de ce cadeau annonciateur de nuits solitaires. Je lui dis qu'il faudra nous voir moins souvent car ma femme et mes filles sont de retour. Je l'entraîne au rayon vidéo pour choisir un film que nous nous projetterons dans la cabine du sex-shop, en attendant l'ouverture du peep-show.

Je n'ai aucune culture pornographique, l'unique film de ce genre que j'ai vu remonte à mon adolescence. J'étais en vacances chez mon oncle et ma tante. J'étais tout ce qu'il y a de plus vierge à l'époque et la discussion avait été houleuse. Fallait-il me laisser voir ce film ? Les avis étaient partagés entre la peur de me choquer, l'envie de me faire plaisir, et le désir de participer à mon éducation. Pendant une heure, je les ai écoutés débattre en me disant qu'ils n'allaient tout de même pas oser m'envoyer au lit. J'avais treize ou quatorze ans. Ils avaient loué un film vaguement porno. Une histoire de jeunes filles au pensionnat qui se tapaient le jardinier. Quand j'y repense, j'éprouve un certain malaise et je ne comprends pas où était leur plaisir. Regarder un film porno en famille, quelle drôle d'idée ! Je me souviens d'avoir été déçue quand, en plein cœur de l'histoire, mon oncle a éteint la télé. Le jardinier avait dû déballer son engin. Je suis allée me coucher à contrecœur. Je ne pense pas avoir éprouvé réelle-

ment du plaisir. La vulgarité a un effet désastreux sur ma libido. Les langues pointées, les visages obscènes, les mots, surtout les mots, sont redoutables. « *Laisses-en un peu à ta copine.* » Deux filles qui se partagent une queue et le type du haut de sa connerie. Beurk.

Je crois me souvenir que c'était un film allemand. Les filles avaient des seins blancs et les marques du slip et du soutien-gorge. Je le regardais quand mes parents étaient sortis. J'achetais aussi des livres danois sous plastique que je cachais dans le grenier. Ma mère demandait à mon père pourquoi je passais autant de temps là-haut. « Laisse, il range », disait mon père. De treize à quinze ans, j'ai dû me taper mille queues. Ensuite, d'autres mains m'ont aidé. Mes parents ne parlaient jamais de sexe à la maison ou alors en riant. Le sexe ou ses représentations étaient interdits. Bannis. Enfouis. Il fallait vivre sans ou alors en rire grassement. Plus le rire était gras, mieux ça passait.
Les corps en action me fascinent. Dans le sex-shop, tu es assise à côté de moi, ta jupe relevée, ton sourire. On se chauffe en regardant d'abord une cassette. Je te trouve belle. J'aime te voir prendre plaisir à découvrir ces images interdites. C'est un vrai petit bonheur.

C'est l'heure du spectacle de dix-huit heures. Le rideau se lève. Sur la scène, une femme à la peau mate se déshabille lentement. Elle porte une perruque aussi noire que ses lunettes. Trois hommes en pantalon à pinces ont déballé leurs queues et se branlent en lui tournant autour. Les mains astiquent, caressent, touchent, pressent. Les bites se tendent vers cette femme seule.
Nous essayons le gode dans toutes les positions et à toutes les vitesses. Sur mon clito, entre mes lèvres. Devant. Derrière. Avec vaseline dans mon ventre. Sans sa peau dans ma bouche, je le trouve pas mal.
Les bites éjaculent les unes après les autres sur le corps de la femme perruquée. Elles recouvrent de longues traînées blanches sa poitrine et son visage. J'aimerais être à sa place.

En Chine, les maîtres de taï chi expliquent à leurs disciples que ne pas éjaculer prolonge la vie. Il faudrait garder en nous cette sève nourrissante, cette énergie vitale.
Je mourrai jeune et ridé.

Il est taciturne, fatigué. Je râle. On se dispute pour la première fois. Comme beaucoup d'hommes, il consacre une grande partie de sa vie à son travail. C'est devenu un métier comme un autre. Il en vit. Je le sens tendu, se noyant dans des courants contraires. Il m'a dit hier qu'il n'avait pas vu grandir ses filles. Je n'ai aucune responsabilité dans cette situation. Avec moi, c'est toujours entre minuit et cinq heures du matin. Il ne me connaît d'ailleurs pas plus qu'elles. Que pourrait-il dire de moi ? Je suis un bon coup. Je le suce bien. Je suis prête à tout en échange de rien. Il m'a dit un jour que j'étais quelqu'un de rare. Ce devait être un compliment. Nos trois jours se réduisent à deux. Il décide de partir. Je ne sais plus où, je ne sais plus combien de temps. Il est désolé, il ne peut pas faire autrement. Je crois que ça lui plaît de me sentir profondément touchée. Blessée. Lui qui me croyait en acier trempé, il me découvre fragile.

Je lui ai dit qu'aimer quelqu'un, ce n'était pas seulement très bien faire l'amour avec lui, et avoir du plaisir. Quand je pars, elle pleure pour la première fois.

Je ne suis pas douée pour le bonheur, je le sais depuis longtemps. Je ne vis que des moments d'accalmie entre les longs épluchages que je fais de moi-même. Tout cela n'a rien à voir avec lui. Me découvrir affaiblie le rassure et le flatte. Il ne sait pas quel comportement adopter face à l'exhibition soudaine de mes sentiments. Où suis-je allée chercher toute cette réserve de douleur ?

Ma dépendance est d'abord physique. Je suis dingue de notre jeu. Quand je sens que je peux le perdre, je suis en état de manque. Je ne peux rien faire contre cette angoisse. Je ne sais pas si je l'aime ou si je ne l'aime pas. Je m'en fiche. Il anesthésie toute réflexion sur le sujet. Il est ma seringue, mon cancer et mon carburant. Il rend ma vie exaltante.

Tu es devenue comme une drogue dure. Tu me fais oublier le reste. Tu produis de la brume. Tu m'empêches de voir le monde autour. Tu m'empêches de vivre. Tu me manges de l'intérieur. Tu me dégoûtes. Tu comprends ?

Je me demande comment tu as fait pour me faire devenir aussi garce. Je n'avais pas de dispositions particulières. Aujourd'hui tu veux que je voie d'autres hommes, tu ne veux pas que je m'attache... Ma dépendance ne fait que révéler la tienne.
Mon mari est de plus en plus absent. Je sors avec un journaliste pour tuer le temps. Il m'emmène au théâtre. Il est gentil et très patient, peut me parler du néoréalisme italien pendant deux heures. Je l'ai rencontré dans le métro, je regardais les programmes de cinéma, il m'a fougueusement fait la critique de tous les films à l'affiche. Il m'a proposé de venir manger avec lui chez des amis, j'ai accepté d'aller boire un verre. Je l'ai quitté deux heures plus tard avec son numéro de téléphone griffonné sur un dessous-de-verre. J'ai attendu de n'avoir plus de nouvelles de toi pendant trois semaines pour l'appeler.
À l'entracte, je cours te téléphoner. Tu me proposes de venir te rejoindre tout de suite, tu sais pourtant très bien que je suis avec quelqu'un. J'essaie de te

faire patienter deux heures mais il n'y a rien à faire. Je reviens désolé vers lui, expliquant que je dois absolument partir, que c'est très important pour moi. Ce sont mes mots, mes propres mots : « Très important pour moi. »
Je le plante là sans qu'il ait le temps de me répondre. Est-ce que toutes les nuits avec toi valent ces humiliations ?

faire patienter deux heures mais il n'y a rien à faire. Je reviens désolée vers lui, expliquant que je dois absolument partir, que c'est très important pour moi. Ce sont mes mots, mes propres mots : « Très important pour moi. »
Je le plante là sans qu'il ait le temps de me répondre. Est-ce que toutes les nuits avec toi valent ces humiliations ?

Le sexe a besoin de mensonges et de secrets pour survivre au reste. Il y a mes filles, ma femme, mes projets, les livres, ceux que j'ai lus, ceux qu'il me reste à lire et à écrire, mes souvenirs, mes amis, mes dernières illusions, le sport que je dois pratiquer si je veux éviter l'infarctus. Il y a les repas à la maison avec le cognac XXO qu'on regarde goulûment au fond des gros verres ballon. Il y a la cocaïne. Il y a la répétition, le rabâchage des choses et des idées. Il y a l'absence évidente de liberté. Les discussions ennuyeuses entre amis. Les histoires de rides de ma femme, la nouvelle crème liposuçante qu'elle vient d'acheter dans sa salle de gym, et ce peintre si charmant — comment s'appelle-t-il déjà, tu sais, l'ami de Claude ? Non, je ne sais pas et je m'en fiche. Il y a mon inexistence et le fait que je ne sais plus très bien ce que je vais devenir. Ton regard est la meilleure chose qui me soit arrivée depuis longtemps.

Exister dans tes mots et par tes caresses. Mon corps m'échappe. Je me rends totalement et sans réserve à ta volonté.
Le don de ma personne est une monnaie d'échange.
C'est un juste retour des choses.

Notre quête de plaisir est fragile, elle ne repose que sur nous et la bonne disposition de nos cerveaux. Nos corps se mettent en mouvement plus tard. Rien n'est mécanique contrairement à ce que pourraient croire des voyeurs novices. Cette recherche du danger, cette certitude que demain tout sera fini, cette permanente transgression des codes amoureux sont électrisantes.
D'interdits, avec elle, je n'en vois pas.
Certaines nuits, je baiserais même un arbre. En pensant à toi.

Moi, c'est l'arbre qui me baiserait. S'il avait ton odeur.

Je ne pourrais pas vivre avec une fille comme elle. Si son mari et ma femme n'existaient pas, notre histoire n'existerait pas.

Un sexe masculin dressé vers moi est une preuve d'amour. Il m'arrive de ressentir ça profondément, pourtant je n'ai jamais confondu le sexe et l'amour. Je m'acharne même avec une détermination douteuse à vouloir les séparer.
Parfois, je me secoue et je me demande si tu me plais. Tu n'as jamais rien fait pour que je t'aime. Tu ne m'as jamais montré qu'une seule face de toi. Ton côté cul.

J'ai de plus en plus de mal à ne pas me sentir coupable de la vie clandestine que nous menons. Je la sens souffrir. Je la vois m'attendre. Elle encaisse mes retards et mes refus. J'essaie d'inverser les rôles. Je propose que ce soit elle qui m'appelle quand elle aura envie de me voir. Je sais que ça ne changera rien.

Il me demande toujours, en me quittant, si j'ai besoin d'argent. Je réponds « oui » avec une constante rigueur.
J'ai le sentiment ambigu qu'il doit payer l'amour qu'il ne me donne pas. Ce n'est pas mon corps que je veux monnayer, c'est mon amour-propre qui a besoin d'être apaisé. J'ai besoin de dédommagements pour les rendez-vous annulés, pour les semaines sans nouvelles, pour la place qu'il a prise dans ma vie.
Je voudrais qu'il m'achète afin que je puisse justifier la disposition totale que j'ai pour lui, pour avoir enfin une raison de faire ce que je fais.

Hier, elle a enfreint une règle. Elle a téléphoné à la maison. Je lui en veux. J'imagine parfois qu'elle essaiera de détruire ma vie. Je la vois téléphoner à ma femme, à mes enfants, me demander des comptes. Je ne sais pas si je dois lui faire croire que je vais l'abandonner. Car l'abandonner vraiment, je sens que je ne pourrais pas.

Je voudrais qu'il m'installe dans un appartement et qu'il garde les clés. Qu'il vienne quand ça lui chante pour une nuit, une heure, une minute et que je sois toujours là, prête, pour lui.

Elle m'a dit :
— Je ne veux pas que tu partes avant d'avoir joui dans ma bouche.
Elle n'a pas pleuré, je crois, ou alors juste une larme quand on était dans la baignoire, entre mes jambes. Je lui savonnais le dos. Je lui avais fait comprendre que ça allait bientôt finir. Les hommes ont du mal avec les ruptures. Ils tournent autour du pot. Je tournais donc autour du mien, sans réussir à trancher vraiment. Dans cette baignoire, la bite molle collée entre ses fesses, je sentais que nous n'irions plus très loin. Elle m'a juste demandé :
— Pourquoi maintenant ?
C'est vrai, pourquoi maintenant ?
Est-ce qu'il faut vraiment des raisons ?

Avant, j'étais un peu gênée de n'avoir aucun désir de procréation. Je ne savais pas d'où cela venait. Ma meilleure amie vient de m'appeler. Elle est enceinte. Il fallait s'y attendre. Sa joie m'attriste. Elle est pressée de me voir pour me raconter. J'ai droit à tout. La visite chez le gynécologue, la photo de l'embryon, le dilemme quant au choix des prénoms. Je la trouve insupportable depuis qu'elle a ce petit dans le ventre. Pas plus gros qu'un chewing-gum. Son nouvel état lui donne soudain tous les droits, à commencer par celui d'être chiante. En plus, elle l'avoue :
— J'suis chiante, hein ?
Il n'y a rien à ajouter. Depuis la seconde où une tache rouge s'est affichée sur son test de grossesse, elle est devenue une autre. Elle est une mère, une vraie femme. Elle m'énerve. Cela lui apporte une supériorité indiscutable sur moi et une légitimité toute neuve. Son ami — ils ne sont pas encore mariés — vient nous rejoindre. Il a le triomphe

modeste. Il me décrit l'évolution de la chose. À six semaines, il mesure deux centimètres. On devine déjà sa tête et son cœur qui bat...
Impossible de me rappeler à combien de semaines je me suis fait avorter. Est-ce qu'il avait déjà des mains et des pieds ?
Un jour, j'ai espéré un enfant de toi. Une seule fois, dans un moment de déprime. M'imaginer vivre seule avec ton bâtard était une perspective soudain réconfortante. Je ne l'ai pas imaginé pour te coincer. Ce n'était pas une vengeance. Non, c'était juste pour avoir une seule fois quelque chose t'appartenant. Même ton sperme, tu l'as toujours gardé pour toi.

L'autre jour, je l'ai sautée avant de prendre le train.

Je suis assise en face de lui. J'ai mis ma jupe écossaise parce que c'est celle qu'il préfère. J'aime bien nos rencontres éclair. Il avait un quart d'heure à me consacrer. Il est monté dans la minuscule chambre qu'une amie m'avait prêtée, il faisait froid, on ne s'est pas déshabillés. En partant, il m'a dit : « Je t'avais dit que ce serait rapide », comme pour s'excuser.

Après l'avoir bien baisée, je suis apaisé et en même temps mal à l'aise. Je me dégoûte d'y avoir consacré autant de temps et d'énergie.

Je supporte de moins en moins que mon mari me touche. Plus exactement, je le supporte, mais je n'éprouve plus grand-chose. Je subis cela comme du temps perdu. Je sens son sexe un peu mou me pénétrer maladroitement. Il s'aide d'un doigt pour y arriver, ne me caresse pas. J'aimerais être moins sèche. Pour cela, je sais ce que je dois faire. Je pense à mes nuits chaudes dans les boîtes où mon mari ne mettra jamais les pieds. Et puis j'oublie que ce sexe est accroché à lui, alors je peux jouir un peu. Ensuite, quand je me réveille, je suis un peu gênée de constater qu'il a pris ce regain soudain pour du plaisir lié à sa personne. Ensuite, il dort, ou se lève pour lire ou travailler. Parfois, il me tape sur les fesses. Son regard satisfait. Si tu savais.

Je ne vois plus ce que je peux inventer pour la faire jouir encore plus fort. Je pourrais inviter trois ou quatre copains en week-end, et ne rien leur dire. Elle devrait se les faire l'un après l'autre sans que personne ne s'en aperçoive. Dans les toilettes, dans le jardin, à la cuisine, peu importe. Ensuite, elle me raconterait.

Je l'observe aller et venir devant moi. De temps en temps sa main frôle ma joue ou ma poitrine. Il regarde sa montre et demande si je veux aller boire un verre. Est-ce que je lui ai déjà dit non ? Il est dix-sept heures. Je ne savais pas que les boîtes étaient ouvertes l'après-midi. Qui peut bien aller dans une boîte de cul en pleine journée ? Des mecs évidemment. Ils sont cinq ou six éparpillés dans la salle, tous un verre à la main, seuls. Les lumières tournent, pathétiques, sur la piste de danse vide. C'est triste comme un samedi après-midi à la cafétéria du centre commercial Auchan de Bagnolet. On traverse la salle sans s'arrêter au bar. Ma présence doit être inespérée, j'aurais dû le deviner au regard que m'a jeté le portier. J'imagine qu'ils sont descendus immédiatement derrière nous, sans laisser le petit temps habituel, cette espèce de politesse. Ils sont tous habillés autour de moi toute nue.
Comment est-ce arrivé si vite ?

Ensuite mes copains pourraient profiter d'elle comme ils le voudraient, seuls ou à plusieurs. Ils auraient le droit de réaliser leurs fantasmes. Elle serait leur chose.
Je pourrais la faire baiser avec un tas de personnes, je pourrais organiser des tas de soirées, je ne trouve pas l'énergie pour le faire. Sa soumission est tuante.

Il y a des bras qui me soutiennent, je suis une poupée vivante entre leurs mains avides. Mes doigts trouvent des lanières au-dessus de ma tête et s'y accrochent. J'enroule mes jambes autour de la taille de quelqu'un. Il est derrière moi, il écarte mes fesses. Il fait un signe, j'entends le mot « préservatif » avant de me sentir pénétrée. Je suis posée sur leurs sexes comme une équilibriste. Nous sommes sur le parquet d'un petit cirque. Deux pans de mur forment un cercle laissant juste deux passages que l'on peut condamner en accrochant les gros cordons tressés. Je m'aperçois qu'ils sont attachés, je pense que tout le monde est dans l'arène.
Il y a les mains et les sexes et moi qui ne suis déjà plus là.
Je me souviens de m'être inquiétée pour son avion. Je me suis rhabillée très vite, je crois que quelqu'un m'a dit merci, simplement merci, en me regardant partir.
Je suis rentrée tôt à la maison. Mon mari m'a

demandé si ça avait marché aujourd'hui. J'ai dit « oui », et je suis allée dans la cuisine préparer une omelette aux champignons.

Il y a quelque chose d'absolument jouissif à la soumission. C'est assez difficile à expliquer à quelqu'un de trop rationnel. Être soumise et consentante ne signifie pas perdre du pouvoir ou de la dignité. Au contraire.

Un jour, elle me demandera de la fouetter au sang. Je retarde ce moment. Quel plaisir pourrais-je trouver à la frapper ?
Un jour, elle me demandera de la lacérer à coups de rasoir, puis de lécher son sang. Je pense à ça dans l'avion. L'hôtesse me sourit.
Elle est entrée dans ma vie avec mon consentement. J'avais imaginé autre chose entre nous. Je me sens comme au volant d'une voiture que je ne piloterais pas. Depuis qu'elle est là, aucune autre femme ne m'excite. Je ne sais même pas si elle m'excite encore.

J'ai fait un test dans *Elle*. C'était : « *Avez-vous le virus de l'infidélité ?* » Comme si j'avais besoin d'eux pour le savoir. Le résultat m'apprend que je suis une « *Marie couche-toi là* ». Je trouve cette appellation plutôt vexante.
Je suis un sujet à risque. Mon médecin me l'a dit. Même si j'utilise des préservatifs lors de mes rapports sexuels, la multiplication des partenaires augmente les possibilités de contamination. Le virus peut m'atteindre même s'il n'y a pas eu éjaculation. Le liquide spermique peut être porteur du germe. Il faudrait mettre le préservatif dès le début de la pénétration.
Je n'arrive pas à m'y résoudre. Ne plus sentir la chaleur de la peau, la douceur du sexe qui pénètre en moi. Tu ne m'as jamais baisée sans préservatif. Tu n'es pas fou. Tu me vois sans doute comme une culture de microbes. Tu dois imaginer toutes sortes de monstres en train de me dévorer la matrice. Là, tu débandes et mes minijupes n'y changent rien.

J'aime le contact du latex. J'aime la baiser sous plastique pour ensuite me lâcher dans sa bouche. Je trouve encore plus jouissif d'éjaculer sous vide.

Et tout ce sperme que j'ai avalé ? Le médecin en blouse blanche a un sourire complice. Il peut y avoir risque, mais ce n'est pas démontré. Cela dépend de l'état de mes gencives. Est-ce qu'elles saignent ? Ma langue passe sur mes dents. Oui, de temps en temps. Il me fait clairement comprendre qu'il vaudrait mieux utiliser des préservatifs pour les fellations. « Ce serait plus sûr », dit-il en souriant et en me regardant droit dans les yeux. Ce type n'a aucune idée du goût que peut avoir un morceau de latex lubrifié. Ce type n'a aucune idée du goût que peut avoir une bite.

Depuis que je la connais, je fais des tests régulièrement. C'est chaque fois la même émotion. Cette lettre qui tarde à arriver.

Je cours à la boîte aux lettres dès que le facteur est passé. Pourquoi suis-je si impatiente d'avoir la réponse ? Je préférerais ne pas savoir. Ce serait plus simple. Ne pas y penser. Oublier tout ça. Mon père, qui ne connaît pas grand-chose de ma vie mais qui sent assez bien sa fille, m'a dit qu'un jour je mourrai du sida. Ce ne serait que justice, non ? C'est ce que je me dis quand je ne suis pas en forme et que je jette un regard noir sur ma vie.

Elle laisse des messages sur le portable que je viens d'acheter. Des dizaines de messages. Elle dit qu'elle aimerait que je la baise en plein jour dans un grand magasin.

Elle me donne rendez-vous à dix-sept heures à la Samaritaine. Elle portera une jupe longue avec rien en dessous. Un pli de sa jupe sera ouvert sur sa croupe. Elle sera au rayon literie. Elle a utilisé le mot « croupe ». Pour la première fois, elle prend l'initiative. J'hésite sur la conduite à tenir.

Je suis dans le métro et je regarde les gens. Combien trompent leur femme ? Je pense à l'air que je respire et qui est déjà passé dans toutes ces bouches. Combien ont juré fidélité pour toujours ?
Je ne sais pas vraiment ce que je cherche, ni ce qui m'arrive. Une certitude : ne pas me poser de questions. S'en poser, c'est le perdre. Ne pas s'en poser, c'est se perdre aussi.
Un jour, je me souviens de t'avoir entendu dire : « Il vaut mieux se perdre dans sa passion que perdre sa passion. » Tu m'avais dit cela l'air de rien au téléphone. C'était bien avant la première boîte. Tu ne peux pas savoir à quel point je t'ai trouvé juste ce jour-là.
La phrase, je l'ai notée en première page du petit carnet que tu m'as offert et où tu m'avais demandé d'inscrire ce que je ressentais. Une sorte de journal de notre histoire de cul, disais-tu. J'ai noté cette phrase dans la frénésie de l'instant. Ensuite, je n'ai plus noté grand-chose jusqu'à hier où tu as imité

Gainsbourg : « *L'amour physique est sans issue.* » Je n'aime pas écrire, je préfère raconter. Le peu que je mets sur une feuille, je le mets en pensant que tu me liras. Je ne sais plus où j'en suis. Une force me pousse et m'attire sans que je puisse la contrôler. Je la sens opérer en moi comme une lave en fusion, et je ne parviens pas à lui résister.
Que vas-tu faire de mon bordel intime ?

À la Samaritaine, à dix-sept heures, je lui demande de se pencher et de me montrer son cul en tirant sur les pans de sa robe. Ce qu'elle fait. Nous baisons finalement dans l'escalier de secours contre un mur. Elle m'enlève le préservatif pour mieux me sucer. J'éjacule dans sa bouche. Je lui demande de ne pas avaler. Surtout pas.

On marche longtemps. Dans le froid et sous la pluie. Parfois, nous nous arrêtons et le sperme change de bouche. Nous marchons dans le froid et nous sommes les seuls à avoir chaud.

Je me demande si notre envie de baiser a un rapport avec l'époque que nous vivons. Il y a toujours eu des putes et des bordels, mais comment ça se passait avant ? L'homme était-il déjà si sournois concernant l'amour ? Les choses devaient se faire plus naturellement. Peut-être même devant les enfants. Ce sont l'Église et la morale qui ont tué ce naturel et inventé la frustration. Donc la punition, donc la perversion et la sophistication. Dans un sens, vive l'Église ! Dans mes rêves, très jeune, je me souviens d'avoir été très excitée à l'idée de sucer le Christ.

L'interdit n'a rien à voir avec la morale ou la religion. Simplement, comme un curseur, sur une échelle de valeurs, on le change de place, selon l'époque.
On baise fin de millénaire. On se perd dans cette nouvelle nuit qui va durer mille ans. On baise sans racine et sans peur, uniquement secoués par cette furie qui nous vient de l'intérieur. On baise parce que c'est ça de pris sur la mort.

J'adore le sucer. Je sais qu'il aime ça. Il me le dit. Je crois qu'il le dit parce que j'aime vraiment le faire. Parce que j'aime vraiment lui faire à lui. Il doit forcément ressentir ce plaisir que j'ai à lui faire. Je ne crois pas le faire spécialement bien. Je dois le faire beaucoup moins bien qu'une professionnelle mais j'ai sûrement plus de plaisir qu'elle à le faire.

En fait, je pourrais ne faire que ça.

Il n'y a qu'avec elle que je parle de cul aussi bien et aussi librement. Je ne pourrais jamais plus vivre cela avec quelqu'un d'autre.
Après, que pourrais-je inventer ?
Avec qui retrouver cette complicité ?
Avec qui retrouver cette obsédante absence d'affect ?

— Tu sais, je ne veux plus le faire à mon mari. À toi j'ai toujours envie de le faire, il y a des moments où je ne pense qu'à ça. Mais à lui non, jamais.

— Ça m'excite très moyennement que tu me parles de ton mari.

— Ah bon, pourquoi ? C'est toi qui veux me quitter, non ?

— Oui.

— Tu veux me quitter, mais tu ne veux pas entendre parler de mon mari. Moi ça m'intéresse de savoir que tu baises ta femme au moins deux fois par semaine. Tout m'intéresse. Pendant combien de temps, dans quelles positions et si vous avez votre orgasme ensemble. Pourquoi crois-tu que ça puisse me faire du mal de savoir toutes ces choses ? Ça te gêne de m'en parler ? Tu pourrais me parler de tout sauf de ça ?

— Ce n'est pas ce que je dis.

— Tout ce que tu fais m'intéresse, même si tu le fais à d'autres, surtout si tu le fais à d'autres. Je veux

être ton ultime confidente. Je veux être celle qui te connaît le mieux. Je suis prête à tout pour toi.

— Ne dis pas n'importe quoi, on ne joue pas, là.

— Je ne joue pas.

— Arrête...

— Tu as peur et ça m'énerve.

Elle me dit qu'elle est contente d'être avec moi parce qu'elle sait que je ne quitterai jamais ma femme. Elle dit que j'aime ma femme plus qu'elle. Elle en est absolument certaine.

Elle ne ressemble à personne. Je ne sais pas d'où lui vient cette force.

J'aurais aimé vivre cette histoire sans aucun sentiment. Me dire qu'il est seulement l'outil que j'utilise pour réaliser mes fantasmes, que l'objet n'est pas forcément celui que l'on croit.
Il m'a dit : « Je ne pense pas que tu m'aimes. » Un doute immense m'envahit. Comment les autres voient-ils si clairement dans mon brouillard ?
J'entends sans arrêt parler autour de moi d'amour, d'hommes qui parlent de la femme de leur vie, de femmes qui me parlent de l'homme de leur vie. Ils sont trop sûrs d'eux, ils me font chier.

Nous sommes accompagnés. C'est plutôt inhabituel. Nos petites virées avaient toujours été confidentielles mais ce soir-là, un de mes amis était avec nous, accompagné de sa femme. C'est sans doute pour cette raison que nous sommes allés dans cette boîte nulle. Rien ne laissait supposer de sombres recoins partouzables, aucune serveuse trop déshabillée et trop maquillée. Pas d'odeur de sperme et de transpiration dissimulée par des désodorisants à la menthe. Juste des gens, des deux sexes, également représentés, pas encore confondus, qui dansent et ont même l'air de s'amuser.

Mon copain est un habitué. Il lâche les mille francs de l'entrée. Lui baise très peu. C'est un voyeur. Sa femme est plus jeune que lui. Elle approche les quarante-cinq ans, mais ne les fait pas. Lifting.

J'ai bu vite fait un petit verre et je suis allée danser. Est-ce que j'avais quelque chose de spécial ce soir-là ? J'étais peut-être déjà en petite transe, une de celles qui rendent les mouvements de mon bassin suggestifs. Très vite j'ai senti des mains qui me cherchaient. Je les repoussais parce que j'étais bien, seule à l'intérieur de la musique. Moi, mon petit nombril où j'ai collé une perle et mon petit trip sur le dernier DJ Cam. Il n'était pas là et j'aime que ce soit lui qui mène les opérations. Toute seule, je n'ai pas confiance. Ça a duré un petit moment, ils étaient deux ou trois à tenter diverses approches et moi toute seule à les esquiver. À son arrivée, le vide s'est fait autour de moi. Il a amené sa copine au centre de la piste. Elle s'est placée devant moi et a commencé à m'effleurer. Sans me toucher, ses mains faisaient le tour de mon corps, redessinant à quelques centimètres la forme de mes épaules, de mes seins, glissant sur ma taille et mes hanches, contournant mes fesses, frôlant mon sexe puis remontant le long

de mon ventre jusque sur mon cou. J'ai ralenti mes mouvements, les jambes légèrement écartées, à présent clouées au sol, les bras le long du corps. Seules ses mains me font onduler. En deux temps et quelques mouvements efficaces, ma jupe et mon petit pull échouent à mes pieds. Je me retrouve en slip et en soutien-gorge face à cette femme de quel âge ? Quarante ? Cinquante ans ? Je ferme les yeux.

Nous avons pris un rail de coke. Nous avons bu cinq ou six vodka tonics. Elle est complètement déchaînée ce soir. Elle m'en veut de l'avoir délaissée pendant plusieurs semaines. La femme de mon copain a pris sa main et a commencé à sucer un à un chacun de ses doigts. Elle le fait comme s'il s'agissait de toutes petites bites qu'elle voudrait faire jouir.

Sa bouche quittait mon pouce et remontait le long de mon bras, elle me suce, me lèche, me mange en laissant des longues traînées brillantes sur ma peau. Mon ventre lance déjà des signes de détresse pour qu'on s'occupe de lui. Je prends conscience de chaque partie de mon corps : poignets, coudes, aisselles. Ils sont directement connectés à mon sexe. Elle m'embrasse le cou. En temps normal, un simple baiser au-dessus du creux de l'épaule, juste à la naissance des petits cheveux, peut provoquer chez moi une décharge électrique me traversant des pieds à la tête. J'ai peur de jouir. Ma bouche a le temps d'esquisser un « oh » d'étonnement quand la morsure devient profonde. Ses lèvres sont déjà collées aux miennes. Elle tète ma langue comme si c'était tout mon corps qu'elle voulait aspirer. Mon ventre se met à battre comme un deuxième cœur et les muscles de mes cuisses tremblent.

Ça me rappelle les grenouilles pelées en cours de biologie à qui l'on infligeait des décharges électriques pour tester leurs réflexes. Le sexe peut mener à cet état. Le sexe lobotomise.

Je me sens heureuse. Ce rien qui entre dans ma tête comme une tempête fraîche me rend paisible. Seuls mes nerfs et mes muscles m'envoient des signaux. Je suis un champ de plaisir.

La femme de mon copain est restée habillée. C'est une experte. Une bonne lesbienne. Tu es couchée, nue, les jambes pliées sur sa poitrine. Mon copain observe la scène sans manifester aucune émotion. Je le sens pourtant intrigué par toi. Il sourit. En bon voyeur, il se tient à distance. Sa femme me fait signe de m'approcher.

Tu reviens me chercher après qu'elle m'a abandonnée. Laissée là, liquéfiée. Je voudrais garder ces empreintes, que chaque orgasme reste fossilisé sur mon corps. Je pourrais admirer chaque marque comme autant de petits trésors. Le fouet a cet avantage sur les caresses. Ses traces durent longtemps. Le corps oublie ses douleurs. J'aimerais être marquée pour que mon corps ne puisse plus oublier. Il s'approche et dit : « Allez, on rentre » dans un soupir plein de contentement et de lassitude. Je ne connais cette expression que chez lui. Ce mélange d'indifférence et d'attachement. Il tend mes vêtements que j'enfile avec une lenteur imprécise. Il garde ma culotte dans la poche de sa veste. Dehors, le froid réveille mes fesses humides. En rentrant, il va falloir que je fasse preuve d'imagination. Plus c'est gros, mieux ça passe. De toute manière, mon mari m'a dit que j'avais raison de sortir avec une copine le vendredi soir.

Le cerveau en compote, les traits tirés, empli d'alcool, je me prépare au rituel. Garage. Douche. Brossage de dents. Linge dans la machine. Télé zapping. Dodo. Dis donc chéri, tu es rentré tard hier? Oui, j'étais avec Gérard et sa femme, on a un peu bu. Je suis crevé.

J'ai appris à le connaître. Il est plutôt solitaire et autoritaire, incapable de déléguer sauf quand il s'agit d'amour avec moi. C'est son nouveau hobby : il me baise par personnes interposées. Homme, femme : tout y passe. Il voudrait m'aimer ainsi. Cela le libérerait d'un grand poids.
Il voudrait me voir heureuse avec mon mari. Il pense que je l'aime toujours. Je n'arrive pas à comprendre l'échelle de valeurs de l'amour. À partir de quand l'amour n'est-il plus de l'amour et pourquoi ? Et comment cela s'appelle-t-il alors ?

J'ai rencontré Béatrice en boîte. Elle aime le cul. Elle est célibataire, avocate, sans enfants, sans tabous (dit-elle). Quelques jours plus tard, je l'envoie chez elle et lui demande de m'attendre quelques heures là-bas. Je ne sais pas qui fera le premier pas.

Je l'attends chez cette fille en fumant des clopes et en buvant du champagne. Elle me raconte sa vie, sa bisexualité. On boit beaucoup. Il arrive, l'embrasse, me regarde en souriant, trop complice pour qu'elle ne nous comprenne pas. Je vais prendre une douche et je me balade un peu à poil devant elle. Juste pour voir. Je me penche vers lui pour lui dire que j'ai envie de la lécher. Je sais que ça lui fera plaisir. Souriant, il lui transmet. Elle rit à pleines dents. Elle a de jolies dents. Je suis fébrile. Je m'aventure avec prudence sur cette peau si douce. Elle reste passive, mais écarte ses jambes. Ma tête s'y blottit pendant que mes mains parcourent son corps. Je me remplis de son odeur, son sexe est si étroit, on dirait celui d'une adolescente. Mes mains descendent à l'intérieur de ses cuisses, je les écarte en glissant ma langue dans sa fente. Son soupir m'encourage, ma langue la lape d'abord de bas en haut sans entrer dans les détails. Mon nez se frotte contre ses poils très courts, j'aimerais pouvoir me noyer dans cette

mer. Lorsque je la sens couler, mes mains ouvrent ses lèvres et ma langue s'aventure au plus profond d'elle, je l'explore, je la bois, je me fonds dans ce double. Je voudrais la faire jouir très fort. Je la sens arriver doucement, et je décide de la pénétrer de tous mes doigts pendant que ma langue n'existe plus que pour son clitoris. Lorsque son ventre se met à danser, que ses lèvres s'ouvrent et se ferment comme une bouche affamée, que son vagin suce mes doigts, j'éprouve un étrange sentiment de réussite. Je remonte son corps pour l'embrasser et lui faire partager ses saveurs.

Puis je te regarde avec une infinie fierté.

Sans la quitter des yeux, je retourne Béatrice et je la baise du mieux et du plus profond que je peux.
Tu m'embrasses et je ressens une vague violente qui me remonte à l'intérieur. On peut appeler ça de l'extase ou plus simplement du bonheur. Je ferme les yeux, conscient du sourire qui descend sur mon visage.

Le voir si heureux me rassure. Il me ramène chez moi en voiture. Un long silence s'installe entre nous. Je pleure sans pouvoir me contrôler. J'ai peur qu'il me quitte. Me découvrir si faible le flatte peut-être. Je dois commencer à le dégoûter. Finalement, tout ce que je fais, tout ce qu'il me fait faire, n'a rien d'admirable.

Elle pleure. Je ne sais pas quoi lui dire. Je laisse durer ce silence et ces dégoulinades de larmes. Je ne ressens aucune compassion envers elle. Je ne me sens pas responsable de sa souffrance. Elle a autant choisi cette histoire que moi. Je ne pourrai jamais rien lui donner d'autre que ce que je lui donne en ce moment. Elle pleure sur elle. Cela m'attriste un peu car elle est la personne la plus honnête que je connaisse.

Quand tu m'as dit que tu me respectais beaucoup, je n'ai pas pu retenir mes larmes.
Je veux du temps. Je veux qu'il m'utilise pour son plaisir, donc pour le mien. Je ne veux pas d'amour et je ne veux surtout pas de son respect.

Mes mots commandent, mais c'est sa nature qui dirige. La conscience du vide vers lequel nous allons devient trop forte. Nous ne serons jamais des objets l'un pour l'autre. Il faudrait pourtant parvenir à cet état. J'essaie de lui dire cela. Elle cesse de pleurer, demande si je veux qu'elle me suce.

S'il m'avait mise dans un studio, la première chose que je serais allée faire aurait été d'acheter un lit. Le lit. J'aurais placé le lit au milieu de la pièce, un lit à baldaquin en fer-blanc avec des barreaux un peu partout et des voiles de couleur pour cacher son caractère trop évident. Ce lit ne serait pas fait pour dormir. Ce lit en fer dirait de façon limpide : « Comblez avec moi tous vos fantasmes. » Ce lit me ressemble quand je sors dans la rue les cuisses encore humides et que les regards des gens lisent clairement le message « Attention, objet sexuel » qui se dégage de moi. Devenir un objet est une possibilité qui m'est offerte. Ce lit me fait mouiller rien que d'y penser.

Je suis torturé. J'ai pensé à elle tout le temps.
J'ai vu un vieux SDF en bas de chez moi. Je le connais, il s'appelle Louis. Il s'est fait manger le cerveau pendant la guerre d'Algérie. Il vit dans un garage abandonné. J'ai pensé l'amener chez moi, lui faire prendre un bain, et lui offrir ma petite geisha. Non, en fait j'ai pensé qu'il pourrait ne pas prendre de bain. Je voudrais qu'il la baise au milieu des immondices. Je voudrais voir sa blancheur au milieu de toute cette crasse. Je voudrais la voir m'implorer d'arrêter. En fait, je crois que Louis ne sera jamais d'accord.
Je me contente de lui montrer le gars en voiture, un jour où nous passons devant, je suis passé tout exprès par là. Je lui ai demandé si elle serait partante pour se faire baiser par un type comme lui si je lui en donnais l'ordre. Elle a dit « oui, bien sûr ». Ça me suffit. Ça me tue.

Il voudrait à tout prix me voir casée, et à nouveau aimante de mon mari. Il croit que cela apaiserait mes malheurs. Il cherche à soulager sa conscience. J'arrive à plaisanter en lui disant qu'il n'a qu'à me trouver un nouveau mari. C'est moins une plaisanterie que ça en a l'air, puisque je suis prête à accepter tous ses choix. Je voudrais qu'il ait le courage d'aller aussi loin que moi dans cette histoire. Je ne veux pas grand-chose, juste qu'il assume, et qu'il accepte ce que je suis devenue pour lui.
Le détachement qu'il me manifeste sous prétexte de ne plus me faire souffrir ne me convient pas. Pourquoi n'a-t-il toujours pas compris que notre relation n'avait pas à s'embarrasser de cela ?

J'ai une période boulot. Ma femme n'en revient pas :
— J'avais perdu l'habitude de te voir aussi tôt sur le pont !
J'arrive presque à l'oublier. À la maison, je fais du chili con carne et nous invitons Ernesto et son épouse.
— Tu la revois, la gonzesse de la dernière fois ? demande-t-il.
Je ne réponds pas.
— Parce que, éventuellement, je serais intéressé pour retenter l'opération.
Je ne réponds pas, mais je mate avec insistance le cul de sa femme. Il se calme.
Ma femme est pleine d'éloges pour le nouveau couple que forment Ernesto et sa psy.
Pendant le repas, je pense à toi tout le temps.

J'étais déterminée à passer une soirée d'explications. Mettons les choses au clair. Qu'est-ce que tu veux de moi ? J'ai toujours eu des idées très contradictoires dès qu'il s'agissait de lui. Plusieurs fois j'avais décidé de ne plus le voir. Je n'arrivais pas à trouver les raisons qui me poussaient à le voir. Je faisais l'inventaire. Il était banal, entre deux âges, sans humour, sentait le tabac. Un rapide tour d'horizon de la situation établissait que je n'avais plus grand-chose à faire dans cette histoire. Et les boîtes de cul ? Soyons lucides. Les boîtes me dégoûtent. Cette odeur de menthe que l'on sent déjà dans la rue, les escaliers illuminés façon Lido, ces monstres humains à quatre têtes, ces bras et ces jambes mélangés, toutes ces horreurs de sexes déballés, ces sexes rutilants, pointés, gonflés de sperme, ces chattes ouvertes et rouges, ces poitrines malaxées par ces mains poilues, ces hennissements, cette sueur, ces bourrelets, le bruit des mains qui branlent, ces yeux fermés, ces yeux écarquillés, cette musique du coït à

répétition, les pupilles brillantes dans le noir, cette transe.

Je ne suis pas une fille pornographique.

Est-ce que je n'ai que mon cul à offrir au monde ? Ces histoires de sodomie, de clubs échangistes. J'aimerais tellement me débarrasser de toute cette merde.

Lorsque j'ai ouvert la porte, elle faisait une drôle de tête. Nous ne nous étions pas vus depuis deux semaines. Je ne sentais pas la soirée propice à une virée. Elle portait un pantalon noir large et un petit débardeur. Elle était à peine maquillée, très élégante. J'ai senti qu'elle n'avait pas forcément envie de baiser. On est d'abord allés dîner dans un chinois très classe. Le charme est rompu. Je m'en veux de n'avoir aucune idée nouvelle. On boit deux bouteilles de rosé et du saké chaud. Dans la voiture, je fais deux rails de coke. On ne se touche pas et on débarque en boîte. L'impression désagréable d'être des habitués.

Une « hardeuse » américaine est à l'animation. Elle doit battre le record de « gang bang ». S'enfiler plus de quatre-vingt-deux mecs à la file. Je pars au vingtième. Je les ai comptés.

Je lui demande si ça lui plairait de prendre sa place. Elle ne répond pas, ne sourit pas, a l'air triste et absente.

Quand je l'ai vu, ses fleurs ridicules à la main, mes envies de meurtre ont disparu. Ce n'était pas les fleurs, mais sa présence, son odeur, son air emprunté. J'ai regretté ma tenue. J'aurais dû garder mes cuissardes et ma minijupe. J'aurais dû lui faire mieux comprendre que j'avais envie plus que jamais qu'il s'occupe de moi. Impossible d'envisager de dormir quand il me ramène chez moi à trois heures du matin. Mon mari ronfle. Je tourne un peu en rond, je fume trois clopes en dix minutes et je décide de me masturber devant la glace. La cocaïne rend mes orgasmes improbables. J'ai envie de retourner dans la boîte pour m'achever avec tous ceux qui y sont restés. Je me regarde dans la glace et je me trouve pas mal. Je me remaquille avec du rouge à lèvres très rouge comme je n'en mets jamais et je décide de ressortir. Mais je ne vais nulle part, je m'assois par terre dans le garage et je pleure. Je me soûle au pastis et je me couche au moment précis où mon mari se retourne. Je me frotte contre sa jambe. Je suis en feu.

Avant d'éteindre la lampe de chevet, j'embrasse l'épaule de ma femme.

Hier soir ou plutôt ce matin, j'ai vomi tout l'alcool et le sperme que j'ai avalés pendant la nuit.

Je décide d'oublier. Je me force à bosser et à faire la cuisine. Dix jours passent ou plutôt ne passent pas. Sur la fin, ça ne passe même pas du tout. Il appelle et ma voix répond encore « oui » quand il demande si j'ai envie de le voir. Ça m'étonne toujours.

Qu'attend-il de moi exactement ? Je n'arrive pas à le comprendre. Ses reproches quand je ne l'appelle pas pendant quelque temps sont en totale contradiction avec le désintérêt qu'il continue à cultiver en ma présence.

Je la rappelle avec la volonté de m'excuser, mais elle n'est pas là. Tant mieux. Je recommence plusieurs jours de suite sans succès. Je me dis qu'on va peut-être s'en sortir ainsi. En douceur. Mais je sais que c'est impossible. Enfin un jeudi vers midi :

— Tu m'as manqué.

— Toi aussi, dit-elle.

Putain... Je lui promets que la prochaine fois elle sera surprise. J'ai décidé de l'emmener à la campagne.

— Tu as mis du temps à m'appeler, tu es là depuis combien de temps ?
— Depuis hier, je suis d'abord allée chez mes parents.
— Je te manque ?
— Oui, tu me manques.
— On va se voir alors, de quoi tu as envie ?
— J'ai envie que tu me prépares quelque chose de bien.
— Dans quel genre ?
— Le genre violent.
— Prépare-toi pour samedi, je passerai te prendre vers neuf heures.
— Samedi, ça n'ira pas, mon mari est là, mais je peux m'arranger pour dimanche.
— Très bien, je te rappelle pour te le confirmer.
J'hésite à lui redire mon envie terrible d'être frappée. Je sais que lui n'en a pas vraiment le désir et qu'il n'est pas certain du plaisir que cela pourrait lui procurer. Moi non plus d'ailleurs. J'ai depuis quelques jours une idée de plus en plus précise de la scène :

Je suis debout, attachée poignets et chevilles par des sangles en cuir très serrées. J'ai les jambes et les bras complètement ouverts. Je suis offerte. Lorsque je bouge un peu les bras, le cuir me brûle la peau. Premières douleurs qui en laissent présager d'autres. Je fais quelques mouvements pour me persuader de mon impuissance et pour faire germer en moi cette angoisse et ce plaisir de soumission absolue. Je me laisse regarder, quelques mecs commencent à se branler, mon regard flotte sur eux. Ils n'ont aucune consistance pour moi. Seuls leurs sexes pointés vers moi m'intéressent.

je suis debout, attachée poignets et chevilles par des sangles en cuir très serrées. J'ai les jambes et les bras complètement ouverts. Je suis offerte. Lorsque je bouge un peu les bras, le cuir me brûle la peau. Premières douleurs qui en laissent présager d'autres. Je fais quelques mouvements pour me persuader de mon impuissance et pour faire monter en moi cette angoisse et ce plaisir de soumission absolue. Je me laisse regarder, quelques mecs commencent à se branler, mon regard flotte sur eux. Ils n'ont aucune consistance pour moi. Seuls leurs sexes pointés vers moi m'intéressent.

Sur l'autoroute, elle ne dit rien. Nous allons dans une vieille ferme appartenant à un ami d'Ernesto. Nous serons dans une grange attenante. Je lui montre les lieux, les poutres, les poulies. Puis nous allons faire un tour. Et je lui bande les yeux. Je la ramène sur place et je l'attache. Je ne parle pas. Je lui murmure à l'oreille :

— Alors de quoi tu as envie ? Dis-moi...

— De cravache.

Après m'avoir fouettée, il enlève mon bandeau. Je discerne dans la pénombre des formes. Ils sont trois en pull, la bite à l'air, à me faire face. Ils portent des cagoules trouées aux yeux et des capotes. Je suis nue, j'ai froid. Ils bandent tous de la même manière, la queue bien raide le long du ventre. Je reconnais la sienne. Il se tient un peu en retrait. Il a un martinet de cuir à la main qui sert à maintenir en feu mon entrejambe. Il le fouette avec délicatesse en laissant traîner les lanières. Tous les dix coups, il en lâche un plus violent. Le meilleur, celui que j'attends. Je me persuade de la beauté du spectacle que je leur offre. Cette évidence me remplit de fierté.
Un autre tape avec une cravache de cavalier. C'est ce qui fait le plus mal. Au début, ses coups sont un peu timides. Je lui gueule d'y aller plus fort. Il finit par ne plus se contrôler.
Un troisième regarde. Il demande qu'on me retourne. Je lève la tête pour le dévisager et lui sourire. Un sourire innocent pour le remercier de s'occuper enfin

de nuit. Je reçois en retour une gifle violente. Ce n'est pas un avertissement, c'est ma punition. Des larmes montent aux yeux. Ma bouche a le goût salé des larmes ravalées. Des mains me détachent, pour mieux resserrer mes liens. Suivent les coups qui s'enchaînent, la cravache qui fend l'air, lacère mes fesses et mes reins, les cris et les pleurs qui m'échappent à vouloir les retenir. Ses coups secs et précis deviennent de plus en plus violents, ils descendent à l'intérieur de mes cuisses et trouvent mon sexe.

Je ne suis plus qu'une blessure.

Ils se relaient ensuite contre moi à tour de rôle, me tiennent par les hanches pour me forcer à me cambrer davantage. L'un d'eux s'enfonce violemment en moi, me fouille avec frénésie. Il bute au fond de mon vagin comme s'il voulait me transpercer et ne ressort que pour m'enculer aussi brutalement. Il revient ensuite dans mon ventre. À moins que ce ne soit un autre. Un coup devant, un coup derrière jusqu'à ce que ma douleur devienne un long râle. Il [illegible] longtemps après, je sens le sperme couler sur mes plaies et me faire encore plus mal.

de moi. Je reçois en retour une gifle violente. Ce n'est pas un avertissement, c'est ma punition. Des larmes montent aux yeux. Ma bouche a le goût salé des larmes ravalées. Des mains me détachent, pour mieux resserrer mes liens. Suivent les coups qui s'enchaînent, la cravache qui fend l'air, lacère mes fesses et mes reins, les cris et les pleurs qui m'étouffent à vouloir les retenir. Ses coups secs et précis deviennent de plus en plus violents, ils descendent à l'intérieur de mes cuisses, trouvent mon sexe.

Je ne suis plus qu'une blessure.

Ils se collent ensuite contre moi à tour de rôle, me tiennent par les hanches pour me forcer à me cambrer davantage. L'un d'eux s'enfonce violemment en moi, me fouille avec frénésie. Il bute au fond de mon vagin comme s'il voulait me transpercer et ne ressort que pour m'enculer aussi brutalement. Il revient ensuite dans mon ventre. À moins que ce ne soit un autre. Un coup devant, un coup derrière jusqu'à ce que ma douleur devienne un long plaisir. Jusqu'à ce que, longtemps après, je sente le sperme couler sur mes plaies et me faire encore plus mal.

Je ne pensais pas éprouver autant de plaisir à la frapper. J'ai des difficultés à me contrôler. Elle en redemande. Encore et toujours plus. Les deux autres n'en reviennent pas. Je lui en donne plus qu'elle n'en veut. Jusqu'au sang qui gicle. Jusqu'à me branler dans son sang.

J'ai envie de douleur et de mort, de regretter d'être là, de cracher tous mes sanglots. J'ai envie de vomir les nœuds qui me tordent le ventre, la culpabilité de vivre. Je veux qu'on me punisse.

Sur le chemin du retour, elle est plus docile que jamais. Ses yeux pétillent d'une lumière nouvelle. Elle me suce encore et si bien. Arrivés à Paris, elle me dit :

— La prochaine fois, promets-moi que nous essaierons autre chose.

Je promets.

Pourquoi le désir des hommes est-il la seule reconnaissance dont je me sente digne ?

Je ne me suis jamais senti aussi libre et aussi dépendant. C'est très contradictoire. Je ne retrouve ces sensations avec personne d'autre. J'aime être dans ces états limites, quand je sens que je perds tout contrôle. C'est compulsif et après coup frustrant. C'est très rarement joyeux. C'est maintenant ancré en moi. Elle extirpe des vérités très profondément enfouies. On a nos lois qui ne sont pas celles des autres. Je ne suis pas sûr aujourd'hui d'être le plus fort. Avec elle, la liberté a quelque chose de redoutable. Après les coups et les blessures, qu'est-ce que ce sera ? Elle joue à me faire croire qu'elle est capable d'aller jusqu'au bout.
Je voudrais que ça finisse le moins mal possible. Je voudrais que ça finisse.

Aucune de nos expériences ne me donne de réponses sur moi. Abandonner serait un échec.

Je suis allé dans le petit studio de Caroline avec le rasoir qui servait à tuer les lapins. On a fait l'amour. Je l'ai attachée. Elle m'implorait de lui faire mal. Quand j'ai doucement laissé glisser la lame sur sa peau, j'ai vu ses yeux pleins d'effroi et de contentement.
Elle s'est évanouie. J'en ai profité pour voler dans son sac le petit carnet. Ensuite, je suis parti en me disant que c'était la dernière fois.

Deux semaines après, il ne restait qu'une croûte. Puis une trace blanche. Et puis je t'ai rappelé. J'étais en manque. J'en crevais, espèce de salaud.

Je suis allé voir un neurobiologiste pour des substituts. Quelqu'un de froid, avec un regard doux. Il parlait de sexe avec détachement. Il a commencé par me prescrire des antidépresseurs. Angoisse du quadragénaire. Comme j'étais en confiance, je lui ai parlé de toi. De nous. De ton envie que je te coupe. Que je te tue. Il m'a dit que j'étais sous pression homéostatique. C'est hormonal, mon horloge interne est déréglée. Nous nous contrôlons, mais à l'intérieur la lutte est sans merci. L'équilibre du système de plus en plus difficile à maintenir. La prise chronique de drogue entraîne des transformations durables de l'organisme. Le sexe était notre défonce. Pourquoi ne devenons-nous pas plus fous ? Tu t'es déjà posé cette question ? Il m'a expliqué que mon cerveau était sous la dépendance de mes muscles et de mes neurones, qui étaient sous la dépendance de toi. Il a ajouté que seule une « structure psychomorale » forte pourrait nous aider à moins rechercher ces sensations, et ainsi à devenir moins dépendants l'un de l'autre.

Viens.

Tu m'as laissée pour morte. J'ai porté des pantalons et des cols roulés pendant trois semaines. Sous la laine, j'avais toujours chaud. C'était bon.

Viens.

On s'est perdus de vue pendant sept mois. Je me suis remis à écrire, et à moins sortir. Elle a rencontré un autre type. Il est plus jeune que moi, plus amoureux aussi. Elle a divorcé.

Je l'ai revue une fois. Ce n'était pas par hasard. J'avais laissé des messages sur son répondeur auxquels elle ne répondait pas. J'ai joué au type étonné de la croiser là. Elle portait une minijupe. Elle était toujours aussi belle. On est allés boire un verre. Elle a dit que j'avais mauvaise mine. Elle avait raison. Ma structure psycho-morale avait pris le dessus et ça me déprimait. Je n'avais pas envie de parler. Avant de partir, elle est allée aux toilettes. Je l'ai suivie. Dans l'escalier, elle s'est retournée et m'a souri.

Une femme, contrairement à un homme, a besoin de temps. Mon plaisir n'est pas celui de l'instant. Il se prolonge et s'épanouit au-delà de l'acte. Mon plaisir, c'est du bonheur pour plus tard.

Je me suis senti bien pour la première fois depuis sept mois. Un fluide bizarre, entre la brise légère et le courant d'air. Il passe et se faufile, vous enveloppe. Vous vous demandez si vous n'êtes pas en train de rêver. Peu importe que nous baisions ensuite, son sourire suffisait à mon bonheur.

J'avais encore envie de lui, mais c'était différent. Je me sentais détachée. Il m'a suivie jusque dans les toilettes pour femmes. L'endroit était désert. Je lui ai dit qu'après ce serait fini. Il était d'accord. J'ai fermé la porte derrière nous.

"Quand le lecteur devient voyeur..."

La femme de papier

Françoise Rey

Une femme au " ventre désœuvré " s'adresse à l'homme à qui, en maîtresse soumise, elle s'est jadis livrée de tout son corps. Dans une longue lettre à " l'amant aux yeux jaunes ", elle réécrit le roman impudique et voluptueux de leurs souvenirs libertins, s'amusant à faire du lecteur le voyeur d'une relation d'amour débridée.

(Pocket n° 3439)

Achevé d'imprimer sur les presses de

BUSSIÈRE

GROUPE CPI

à Saint-Amand-Montrond (Cher)
en juin 2002

POCKET - 12, avenue d'Italie - 75627 Paris Cedex 13
Tél. : 01-44-16-05-00

— N° d'imp. : 23359. —
Dépôt légal : mai 2002.

Imprimé en France